想往火里跳

走走

著

长江出版传媒 长江文艺出版社

Contents

目　录

一个嚼着玻璃凝视深渊的人物形象

走走

有好几年时间，我的写作陷入了困境。当时的野心是，用不同类型小说的方式（科幻、悬疑推理、童话、灵异鬼怪……）讲述中国历史上一些著名知识分子的命运。我用童话方式写了丁玲，用悬疑推理方式写了储安平、何其芳、王实味，在让方孝孺的鬼魂和胡风一再相遇时我卡壳了。其实这批作品质量谈不上出色，我被臃肿的史料操纵，主人公被既定事实推着走，显得很驯顺，缺乏自我生长的可能。文学本应是天马行空的，充满文本实验自由的，变成了那样滞重的一团，让我很失望。此后，将近五年，我没再写过什么像样的东西。

2017年的最后一天，我递交了辞职报告，不再是中国著名文学杂志《收获》的资深审稿编辑。我一头扎进了创业的深渊。埃隆·马斯克说过：所谓创业，就是嚼着玻璃凝视深渊。既然必须穿过地狱，那就走下去。结果就是，在创作这段经历为背景的长篇小说《想往火里跳》时，我完全忘记了我曾经不太热衷现实主义，以至于我的图书编辑王苏辛看到稿子时还有点儿吃惊。"这本书和之前看你小说不太一样，一开始我以为你会是很知识分子在写。"这是她的原话，我忘记问她了，所以我最终是用了一个怎样的身份在写呢？

我应该是以文学的方式再现了小微企业创业者的生活原貌，以及命运的原貌，毫无霸道总裁式的扭曲。以前的写作，因为追求某种形式上的实验性，往往断裂、晦涩，到了这一部，难得算是流畅。文中创造的一块飞地：林杨，是我自己焦虑时常常假想存在、可以逃避眼前现实的一个虚构空间。

因为想直抒胸臆，所以采用了第一人称叙事者。这个叙事者一旦以"走走"之名活动起来，就想起了跟许多人第一次见面的情景，比如那天是否下雨，他们衣着的各自细节，还有气味。投资人身上总是有各种香水的气味，它们包裹着他们，让他们光鲜、体面。为了能长久保留香气，他们保持一种适宜的、不温不火的温度。而那些来面试的年轻人，却有一种粗糙的、僵硬的气息。甚而，这个"走走"竟然呼唤出了一些童年与成长过程的记忆。

然而创作终究是创作，主观叙事很容易情绪失之中肯，为此我引入了相互对照推进的第二人称叙事部分，让这个声部有意无意地不断剖析自我。这种"我"和"你"的对话，让我找到了合适的节奏，也提供了反思的线索。

如果说有遗憾，这里面我此前作品中的某种知识分子风格是缺失的，没有了那种对主人公的刻薄劲儿，没法抽身事外肆意嘲讽，尽管我使用了"你"作为第二声部，试图拉开距离，但还是有些怨气有些开脱。不过，写作这个长篇，首先是为了我自己，而不是读者，自始至终，我没想过，如何去引诱自己的读者。我不打算跟他们讲讲创业者的所谓传奇故事。我写的是小微企业创业者的日常生活。投资人，也许还有些复杂；但团队内部，没有激烈的矛盾和冲突；公司不曾面临充满奇迹的转折机会。没有戏剧性，有的只是不安与焦虑，犹豫与挣扎。也因此，它甚至不能用"讲了一个怎样的故事"的方式来概括，它只是再现了一些场景、环境，一个让人不敢手机正面朝上，坏消息第一时间一闪而来的世界的一角。

写完小说，出于好奇，我也用自己创业阶段开发的文本分析软件"一叶故事荟"跑了一下数据，一条勉强的 W 型曲线，而且一目了然地表明，前面近一半，跌宕起伏引人入胜程度不如后一半。这是 AI 的感受，当然并非读者的唯一感受。但这其实也是某个尴尬的瞬间，从数学公式到算法公式，据说光看优美程度，就能感受到它是不是有论证的必要。高斯曾经就欧拉恒等式发言："一个人第一次看到这个公式而不感到它的魅力，他不可能成为数学家。"以此标准来看我的故事曲线，显然谈不上优美。

我对科技一直很着迷，尤其对 AI 自动生成文本很着迷。从人工智能的理论上来说，是可以穷尽所有对话、心理、环境描写的，AI 的读取力与人类的创造力完全重合，制造出终极文本，似乎是可行的。只需要人工标注，按关键词将它们分门别类建库。因为存在这样一个念想，我不再认为人类的创造是不可替代的。当然还有一些诸如结构、幽默感、反讽这样的问题无法解决，但既然故事和人物能够不断生成，焉知不能由未知的 BUG 产生出伟大的作品呢？一切都是可计算、可修改的。一切都在掌控之中，一切都不在话下。

然而，那时顺利拿到几百万元融资，意气风发的我，完全忘记，写作，写的其实是内在生命的感知。AI 固然能提供有关情绪的确切数据，但数据和语料的结合没办法碰撞出感官的火花，写作的人也没办法借由这样的"书写"获得新生。从抚慰人生的意义上说，一个完成度足够高的故事，其实是无足轻重的。

真正动笔写作是在 2019 年 9 月，那时我觉得，如果不把那个身在其中的漫长冬天讲完，就不会迎来春天。杂志的审稿编辑有次跟我开玩笑，认为我写了本 21 世纪的《创业史》，其实只是碰巧。碰巧我用剪影的方式写到了一些投资人和创业者。那两年，我的身边几乎每天都能见到这样的人物，嘈嘈杂杂，来来去去。我真正想写的是那种每时每刻的不安，对现金断流的担心夜以继日。中欧国际工商学院的教授苏锡嘉有一个比方说得很准确："利润相当于一个人的长相、一个人的体型，而现金流更像是一个人的血液、一个人的骨骼、一个人的神经。通常走到外面去，大家看到的是一个人的长相、一个人的体型，让别人感到喜欢、不喜欢的通常都是一种直观上的印象。但是你想一想，等到这个人碰到危机了，能不能生存下去都是问题的时候，长相、体型怎么说也不重要了。"但我是在今年五月才看到这段话。但即使一年前、两年前，我看到这段话，我也不会有所体悟。

这部小说，真正的主人公，其实是失败。是失败承载了人的生存意义。我写了三个层面的失败：创业本身的失败；试图写下这段失败"创业史"的写作者的失败；作为创业者、写作者，同时又是女儿、妻子的个体，在家庭生活中的失败。

失败如影随形。我曾遇到过仙家算命流派的画符神婆，说我是子孙娘娘身边的童，还说我运程这些年被压就是因为有小鬼缠身，不好，需要花费几万块钱做场法事。我母亲也遇到过类似的。"既然它跟了我这么多年，我还好好活着，肯定是处出感情了，没必要让它离开啊。等我也成了鬼，我要找到它，叙叙旧。"按我母亲的复述，神婆惊诧地盯着她看。

我也想找失败叙叙旧。很难抓住它，不知道它会从哪个方向冒出来，但只要它出现，肯定没完没了。没完没了地向下缓慢滑动。只想按下暂停键，或者长按，拇指向右滑动，无声地不惊动地，关机。让无望骤然降临。

我的好朋友，同时也是90后里很出色的写作者国生，有天和我谈到王家卫的《一代宗师》，他说："本来以为在说武林和宗师，但好电影一定是在说人生：人生注定一败涂地，但还是要有人的尊严、气节、气。这也是为什么我不喜欢《肖申克的救赎》，因为人生如果不是往一败涂地走去，谈信念也未免太过轻易。也像是巨石注定要滚落，只有这时，人的价值才能真正显现……"我觉得这番话非常适合阐释这部小说里，我对失败的种种设计。

顶着CEO的头衔，安全感甚至都不如一个有一手好厨艺的钟点女工。彻头彻尾的孤独。这样的 CEO，不会出现在我们的影视剧中，也不会出现在我们的畅销书榜上。但他们却在我眼前晃来晃去。被泥淖围困住的孜孜不倦的人生。很多人只是为了生存而努力。即使一开始渴望暴得财富，但最终，意志是被真实点燃，烧光的。我记得他们的很多表情。有些是困惑的，有些是激情四射的，更多的一些是经历过种种挫折后反照出的"释然"神情。

AI 是否能为我预测出创业者们狂喜—眩晕—悲伤—崩溃的曲线？与之相对应的，则是投资人的冷漠。他们手握砍刀，毫不留情，将 BP 上的美好数字砍得七零八落，把一个没流量没利润没空间的事实呈现在创业者的面前。不会有一见钟情的投资。更残酷的是，创业者无法逃脱时代的碾压。废弃在路边，最终不见踪影的小黄车 ofo，你能说它的出现从来没有价值吗？而这个五月，跟随戴威最久的 ofo 联合创始人，终于还是离他而去。但我得感谢戴威。2019 年，我的至暗时刻与他的几乎重叠。那时朋友圈里常常能见到关于他的负面新闻。都是类似这样的标题："28 岁的 ofo 创始人戴威，目前欠 36 亿元巨债，他能还得清吗？"知道一个曾经创造共享单车行业单笔最高融资记录（4.5 亿美元，约合人民币 31 亿元）

的传奇人物，也会和我一样，整夜整夜失眠，似乎更容易原谅自己对市场规律不可饶恕的轻慢。

如果有可能，我真想去跟戴威、罗永浩这样的创业者聊聊天，问问他们人生至今最后悔的事，最黑暗的一天。"望着窗外，只要想起一生中后悔的事／梅花便落满了南山。"那将是一座怎样黯淡的山。

知道我要写作这部小说时，我的一些作家朋友们劝阻我。认为我离这些事太近，也许会被情绪左右，浪费了大好的素材。在某种渴望证明自己的力量推动下，我用一个月就写完了初稿。写作，真是一件很奇妙的事。我们什么时候意识到自己开始衰老？是脸部轮廓逐渐松弛，线条开始下坠，模糊。写作却能重新赋予流逝的岁月清晰的线条。它把生命中某些重要的、非写不可的东西固定下来，提升它们，让它们回到刻印的轨道。

确实，文本层面有很多遗憾。但是我还可以再写一部新的。它不会再像现在这部这样只是诚恳，它会是光怪陆离的。将戴威这样真实的人物和虚构的人物事件融合在一起，勾勒出"大众创业，万众创新—各路资本入局—野蛮生长—行业洗牌—一个又一个知名品牌崩盘"这样风云变化、暗潮涌动的近六年社会蓝图：资本的推波助澜、各种新事物的层出不穷、创业者的内心泡沫、寒冬到来的艰难生活、贫富差距、反智时代的到来。一个混乱的年代，一个蓬勃发展的年代。他们在人前微笑，在不为人知的地方流下眼泪。而我要追溯的，是那样一个更为遥远的时刻：那来自不同家庭的出身，是在哪个瞬间，产生了一种同样的诱惑的声音，拒绝庸常的平凡生活。

据说当过兵的人和没当过兵的人，是完全不一样的。那么创业者也是。只要他经历过失败—成功，或者成功—失败，他就不再是铁板一块，因为他一定有过在现实面前，不得不放弃自己理想的时刻。即使他重新过上朝九晚六的打卡生活，不再拥有改变世界的勇气，他仍然是一个以身试过的人，而不只是一个想一想的人。我想通过他们的眼睛，再次看一看他们身在其中的这个浮夸而不安的时代。它是如何闪着诱人的光，吸引一批又一批自信自己与众不同的人。

创业以来，每个人都会问我：你是何时开始的？

我到底希不希望有一天，人们来问我：你是何时结束的？

对于创业者而言，没有过去，也没有将来。没有希望，也没有绝望。最重要的是现在，眼前，每一个当下发生的事。在这一个当下，我还在坚持。看见曙光的感觉，我有过不止一次，也不止两次；不止前天，也不止昨天。

也许，我之所以走上创业这条路，只是因为缪斯女神希望我能去写写，那些因欲望在这个世界受苦的人。

"我要当伞兵。"

"当伞兵？"

"对的。"

"为什么一定要当伞兵？"

"不知道。想往火里跳。"

"你想做什么？"

"想往火里跳。"

——纪录片《苏联 80 后成长记》

想往火里跳

走走

第一章 走吧

上篇

对我来说，2018 这一年所过的似乎是我人生中的第二种生活。这第二种生活出现在我面前时，看起来似乎并没有什么不同。日子是平板地流畅地过下去的，而且变化的内容也并不特别：每个月去几次北京，在堵车与雾霾的背景前，我和一些影视公司的人，负责投资的人站到了一起。飞机、火车、高跟鞋、西装，容易产生一种职场化的情调。清晨的第一班飞机与夜晚的最后一班飞机也有一种间接的诗意。

所以我日常的一天是怎样的呢？

某个茶馆或咖啡馆。一个或几个男人或女人。都把声音压得低低的，而我是那个约好来谈事的。他们对我来说都是陌生的。那时候，只有一个模糊的念头，轻轻飘浮在面前饮料的热气上面——我会跟他们讲我代理的故事，他们会出钱买我代理的故事。

我经常会讲起一个发生在大学男生宿舍的故事。我的叙事是很朴素明白的。主人公发现他的学霸同学因为一次失恋沉迷进了游戏。他想帮助他摆脱出来。他想证明那个女孩并不值得。他是无意中发现一些古怪之处的，女孩因为接到国外名牌大学的录取通知书提出分手，但她却在出发的机场不知所踪，而未抵达彼岸。同学的父母也已双双失踪多年。他打开同学的电脑，在 GTA 游戏里，一个漂亮的 NPC 用一种凄凉的眼神看着他。然后，开始疯狂地跑，违反程序设定地跑。他操控角色开车追上了她，她无路可走却仍在疯狂地跑。他慢慢看出她跑的路线。SOS。她想要逃跑，想从游戏世界回到现实世界。他想给她找出一扇门，但是他的背后，传来了他的学霸同学微笑的声音：还是被发现了呀。

在我的想象中，这个被邪恶男友囚禁在游戏世界的故事很有吸引力。一个发生在美丽校园的危险故事。(一年过去了，我还是没能把它卖出去。) 过去我曾经写过一个类似的故事。一个已婚的催眠大师想摆脱纠缠自己的婚外情人，为她做了一次催眠，唤醒的口令就是：醒不来。

"她在稠雾中寻找一扇能让她离开的门。她打开一道又一道门，发现自己总在一道门后。在那些门的背后，没有任何东西。稠雾已经消逝，她将在这片空无里，过完她的一生。"

我极力推荐这个故事也许是因为我自己的恐惧。这一次，我对面的两个男人不知道是不是因为这种恐惧而沉默了。第三个男人早已提前离开。沉默笼罩着我们。我有一点恍惚，我可以源源不断讲述故事，而自己究竟身在何处。我想遇到山鲁亚尔，他会购买我代理的一千零一个故事，把我从资金匮乏中解救出来。为什么我愿意离开我写作者的书桌，出来兜售故事呢。我已经写了很多，有些完成得相当困难。从上学的日子起，我就一直在写。为了成为一个作家，我有过一个漫长的准备时期。三十岁后我才发现，作家不是一种静止的状态，出过多少书，有过怎样的名声，都没法帮助一个写作者固定在作家的位置上，一直待在那里。那种特殊的焦虑就是我这个西西弗斯的石头，自重太大，总是把我从山顶一路带到山脚。推上去，掉下来，再推上去，再掉下来。石头上附着所有我已经完成的东西，一起嘲弄着我。必须再一次去开始另一次写作，再一次开始上山下山那折磨人的过程。

我出来兜售故事之前，写作的意志已经崩溃。有几年时间，我一直想写几个知识分子。构思已经成熟，却因为史料庞杂极为劳人，比如我想用鬼故事的写法写写胡风，鬼魂自然是方孝孺的，他一再讲述自己的故事，想阻止胡风写下三十万言书。一开始，我被自己的构思弄得十分兴奋，我想像个历史学家那样，从各种因言获罪的事件中抽象出某种原则。我的努力是白费的，虽然有整整一年时间我生活在我找来的那些文献之中。鬼魂们袖手旁观，不愿帮我重构自己的命运。

幸好，一场疾病让我顺理成章抛下这些，让我变成一个对自己没有负疚感的自由人。我把那些从"孔夫子"网上买来的旧书放到了我母亲家。我开始康复，接受了一份需要经常来往于北京和上海的代理人的工作。而后，我又从代理人变成了拥有一个小公司的小老板。一年过去，我只卖出三个故事，需要借钱才能让公司活下去。这时候，我突然很想有一次自己的旅行。很久以前，我曾经有过这样一次旅行。

那次旅行发生在我大学毕业那一年的夏天。七月。我先坐了绿皮火车，花了四十多个小时到达昆明。然后坐长途汽车一路来到西双版纳。正是那次旅行带着我第一次离开上海，让我看到更大格局、更广阔的景致。我在每个城市的地图上寻找吸引我的名字。比如邮碧湖。我在清晨五点多钟来到它面前，它从一片缓缓晃动的银灰色变得蔚蓝，在阳光中像诗句一样闪耀。为了省钱，我尽量选择在黑夜里行驶的长途汽车，走很长的路。我决意不记日记，想用自己的记忆收集材料。那时我认为自己要写的主题是青春与冒险，我将遇到形形色色的人，这件事本身让我把这次旅行想象得充满魔力。我在为自己准备某种作家式的体验。

事实上，这次旅行我压根没有写过。没有所谓的个人冒险。我发现自己具备一种谨小慎微自我保护的能力。这次旅行带给我的只有某种内心的寂寞。但是要很多年以后，我才会开始看清我个性中的这些很微小的部分。比如我的弦总是绷得很紧，我的某种放纵的姿态是虚假的，在我抽烟喝酒时我就知道，我不会允许自己丧失意志力。这些特点在我写长篇时变成很不容易越过的一把刀的锋刃，我对每个字词的谨慎使我的长篇毫无变化，也因此缺乏泥沙俱下的光彩。我对每个旅店窗门与房门、求生通道的检查，暗示了我的写作气质死气沉沉。旅途中，陌生人把装在塑料袋里的水果递给我，我接受了水果却并不想要那份友谊或者跟他们聊天，至于篝火晚会，或者去某个旅店喝一杯，我统统拒绝了。与其说我很难真正兴奋起来，不如说我心里始终怀有对旅行的担心，在我的生活中我第一次感到很孤独，我对会在哪里过夜而夜里又会发生什么充满焦虑。

我没有意识到，这种对未知的恐惧本身，就是一个写作的主题。

十八年前的那次旅行与冒险、自由并没什么关系。十八年后，这个曾经的写作者想通过一次一次出差成为一个商人。她没有任何金融的知识，她对将自己的小公司做成又有着很高的期望，她在这样一种情况下遇到了很多很多人。在他们眼里，她应该是天真而无知的。比如一个投资人就在他们第一次见面时，发现了她的紧张。他们面对面坐在星巴克里，他善意地提醒她错拿了他的杯子。

二〇一八年十一月三日上午七点四十五分，我坐在十五分钟后要启动的列车里。一条微信消息跳了出来：林杨的春天很硬朗，风也是硬的。

眼下还是冬天，雾蒙蒙的天气格外使人犯困。我蜷缩在椅子里，座椅靠背收到最平，车厢里一股泡面气味，经过我的那些脚步都拖沓、迟疑。我想了想硬朗这个词，觉得这样的春天应该匹配一个金属色的玻璃穹顶。不需要花，没什么红的绿的发光的颜色。如此一来，姑娘们也没必要费心打扮，没什么好庆祝的。

就在这时，第二条微信消息跳了出来：林杨的春天是一种不动声色的季节，绷着，没有春天的痕迹。风还是硬的。晒太阳的狗和树洞里的熊，觉察到稍稍不同，但都以为只是冬天要歇一下。可能节育的缘故，猫也不怎么叫春。总之，春天，肉眼几乎看不见。然后突然，突然就初夏了。

这谁啊我想。我看了看我们的聊天记录，一片空白。我们都没打过招呼。

"熊有点跳了吧，毕竟不是日常可见，这就做作了。"我十几年的编辑病犯了。

"要全篇都做作呢？"

"那你做做看。"想了想，我补了一句，"比如熊就是主角，或者这个城市是虚构的。"

"林杨不是虚构的。在林杨，你只需考虑两件事，怎么打发时间，以及怎么离开。"

打发时间还不容易？吃饭、聊天、阅读、刷剧。打出这条消息后我发现，我被那人拉黑了。

我上网搜了搜，林杨是八月长安小说《你好，旧时光》中的男主角，人称"小太阳"，一直喜欢女主角余周周。"网上有人问：余淮、林杨、江辰同时追你,你选谁?
网上还有人问：林杨同学为什么一直是年级第二?

　　确切地说,百度为我找到相关结果约 2 130 000 个,
没有一个是关于地名的。这让我想起读中学时常玩的一
个游戏。上地理课时我们打开地图册,一个人报出一个
地名,其他人必须尽快找到。前后左右四个人,眼睛从
这里跳到那里。做这个游戏我聚精会神,压根不去听老
师在讲什么。对国家的轮廓、物产乃至洋流我没有什么
兴趣,我只对找出某个地名感兴趣。眼下林杨这个地名
就像当年的黑色小字,隐在半明半暗里。我下意识地坐
直了。

　　然而杭州东站已经到了。站在漫长的打车队伍中我
渐渐忘记了林杨这个词。

　　每次出差路上,我都满怀期待。有段日子我穿高跟
鞋,前进路上会发出清脆的嗒嗒声。受了几次挫折后我
觉得这嗒嗒声似乎变成了啪啪声,一个劲地打脸。嗯,
就是打耳光般告诉自己,你看你准备得如此充分,最后
又能怎样呢。此后我明智地选择了球鞋。低调得让自己
做好一无所得的心理准备。好几次人们告诉我,你看你
真直接,你一上来得呵呵呵哈哈哈先和别人聊会天。废
话就能让那些精明的投资人麻木迟钝? 我想起健身教练

上拳击课时的教导：出拳，飞快地出拳，迅速移动步子。没错，对创业者来说，每天都是在和无形的对手搏击。打开电脑，目光扫过在座的人，一边说话一边迅速地调试软件。我想象自己如老练的拳击手般敏捷，可我从来没学会虚晃一拳。

有次我和我的技术合伙人应邀去北京做路演。不大的会议室里挤满了人，他们看起来略微有些疑惑，似乎是被各自部门的领导临时喊来的。我希望自己热情，脸上挂满亲切的笑，但我被一些玩手机的手感染了，于是语速越来越快。在一张张PPT翻过的间隙，我注意到我对面的一张脸。他像是眼睛近视，看不清似的往前趴了趴，他也比别人更多次地转向投影的方向。我有一种奇怪的感觉，觉得从他走进房间的那一刻起，就想直视我。我不能直视他，他不是这个房间最有话语权的那一个。但是我偷偷观察他。他看起来像一个独自坐在托儿所角落里的孩子，专注地看着其他孩子玩耍。我想象他每天出门都会对自己说一遍：打起精神来。为什么我试图从他不小的眼睛里辨认出一个小男孩的样子？

我和我的合伙人在那天收获了一些微笑，一些点头。可是最有话语权的那一个没笑，连假装都不。虽然礼貌地互相加了微信，六个月后我却发现，我想礼貌地致以谢意时，对方开启了好友验证，我还不是他好友。创业鸡汤文怎么说的？你得向前看才能熬过去。我的理解，向前看约等于麻木些，有时甚至需要局麻。

那天晚上，请我们去北京路演的投资人请我们吃了一顿韩国料理。"给你们讲讲我年轻时的荒唐事。有一年放假，我决定不吃不喝不起床。我真的睡着了，睡了很久很久，梦里我是躺在深深的地下，足有几百米深，黑暗，梦里我是清醒的，这种清醒像一道光绕着我照着我，"他大声说着。确实有道光照着他，我看着桌面上那道阴影的颤动。那阴影还挺怪异。"梦里后来出现了很多很多人，他们从更深的地里浮起来，他们围绕在我周围，都把手举到脸上，遮住眼睛，他们说，我发出的光使他们昏眩。原来我真的发出了光，"他停了下来，眼睛朝我看。"你们想不想继续听下去？"他带来的朋友这时意见有了分歧，有几个起劲地撞起啤酒杯喝彩，有几个则朝他嚷着，说那些事有什么好听的。也许他们只是在渲染气氛。我轻轻摇了摇头。"不可能，真的吗？你真的不想听？"他露出怀疑的眼神。

"你肯定自己醒了，要不然你今天也不会这样坐在这里。"

他把眼睛睁大了，好一会儿，一副天真无邪的样子，突然他笑了起来，他的朋友们也朝我笑起来。他给自己倒了杯酒，"我爸后来打了我几耳光，我就醒过来了。""你丫就是装睡。"他的朋友们兴致勃勃地帮腔。

有些什么慢慢浮出记忆。二十二岁时交往的前男友，几周前给我打过电话。我记得自己看了看手机上的时间，晚上八点三十分，我刚吃完晚饭。他介绍自己时声音紧张，有一种局促尴尬的意味，我一开始没有反应过来。他一向是个充满自信的人。他先是有些困惑地问，你的手机号码这么多年就没换过？这不是废话嘛。我说没换过。我等着他说话。听说你自己做老板了？刚开始，我回答。我感觉他在试探什么。

"也没什么别的事，"他打起精神，用一种爽朗的口气说道，"我想问你借点钱，不多，就十万。"他的声音有些嘶哑。

你怎么了，我问。别担心，他说，就是画一直卖不掉，孩子还小。他沉默了。

不借也没什么，就是你有闲钱的话……别为难，啊？不是什么大事。

我当时站在厨房的水斗前，热水还开着。我还在出神，那边已经挂了，我想一定是我反应太慢了，他等不及了。他要十万，而我没钱。我的钱都在公司账户上。

我还记得自己看了看余额宝。这个前男友做过很多行为艺术，比如他做过一把巨大的扶手椅，这把空空的椅子放在巨大的展厅里，人们经过时都显得心烦意乱。我最后一次见他是在一座仓库里，他把自己的画作都搬去了那里，他拥抱了我，然后慢慢地走向那把扶手椅，坐进去，人就差不多被椅子吞没了。我避开了他的目光。他已经有一年没能开自己的画展了。我有一点想哭。他画过一幅三维透视的田野。地下是一排一排沉睡的孩子，地上是嘻嘻哈哈打打闹闹的老人，人群里的每个人都在放松地大笑。"我觉得自己是活在一个巨大的睡梦里，眼前的这个世界，只是直觉、本能，虚构出来的梦中之梦。"他看着我慢慢说着，脸上露出令人意外的、温柔的表情。可是很快，他的嘴角和眼角又都耷拉了下来。这副苦相，这副厌烦了一切的表情，就是我见他的最后一面。

"一个沉睡的人，该不该叫醒呢。"我喃喃道。我对面的投资人又笑了。"他们告诉我，你是文艺女青年，果然，"他顿了顿，"反正，咱们骨子里是一样的人，我懂你。"他等着我点头。

"听着，"他声音突然响起来，"我很看好你，也愿意投资你，给我四十，怎么样？五百万，投你子公司，给我百分之四十的股份。"

我想起了那个巨大的，四面透风的仓库，白天都需要开灯，否则就是一片黑暗。我想起了我那神情阴郁的前男友，他又瘦又矮，还开始驼背。而坐我对面的这位，他白皙，矮小却结实，梳着整齐的分头，虽然发际线已经开始明显后移。

"对不起。"我说，"你要的太多了。"这话一出口，我就知道我把一切都弄砸了。

我去杭州是见我的第一个也是唯一一个投资人。他们全在会议室等着我。负责我这个项目的女投资经理把鞋跟踩得嗒嗒响。她一说"开始吧"，大家的脸就黑下来。几分钟前给我倒上茶水，问我路上还顺利吗的那些脸上可还堆着笑。"大环境太不好了，前几年人们对版权真是饥不择食，现在整个文娱行业融资都困难，据说是五年以来最艰难的一年，"财务总监和女投资经理互相交换着意味深长的表情，"至暗时刻。"

"是英国的至暗时刻，不是丘吉尔的至暗时刻。"我突然觉得很饿。

他们也许听懂了，立刻冲我摇摇头，"就连我们上市公司，也得凑合着过。"

"总之，你得学会如何应付所有这一切，你是创业者，你得习惯。"大老板把手指捏在一起，耸着肩，确实一副为难的样子。"有时候我真有这么一种感觉，这么说吧，你们还年轻，前面的路太顺了，所以现在遇到问题，这是有积极意义的。"他换上一副沉思的表情，"事实上，很多熬过来的成功人士都会告诉你，挫折、没钱、濒临破产，让他们成为更好的老板。"

"你会后悔的。"我想起那天晚上，那位问我要百分之四十股份的投资人看着我这么说。"不过我们还是朋友。"创业者和投资人短暂的友谊总是从朋友圈互相点赞开始的。那之后他还热情地转了一些和行业相关的文章给我。"我们是朋友呀。"知道我开始捉襟见肘后，他提了好几次，在电话里他爽朗地笑着，"要不你并进我们公司吧，就相当于你的团队是我们公司的一个部门。我给你两百万，你把之前的股东全清走，我再给你和技术统共留百分之三十的股份，你看怎么样？这可是我想了好久想出来的好办法啊。"他继续说着，"我还真是挺欣赏你的，女生，可千万别让自己过得紧巴巴的啊，你别看很多文章写创业者卖房卖车、砸锅卖铁，四处借贷维系创业，不值当的。失败的都是理想主义者，理想主义者最常犯的错误，就是无法客观评估自己的现状，无法正确衡量理想和现实的差距。"

我耐心听着，如果那次我没有拒绝他……可惜这世间只有因果没有如果。

既然我想起了这些琐碎的事，我就把他说的一字不差地告诉了我的第一个投资人。

"你想干什么？"我还没停下来喘口气他们就插话问道，"你想就这样贱卖了公司？"

"嗯，主要是……你们给了我五百万，比起血本无归，不是还有两百万嘛……"我语无伦次起来，"我觉得比啥都没有直接破产强吧。"

"你啊，你这样做，我们浙江地面所有投资人都不会再给你机会。"

不知道为什么，我竟然隐隐松了口气。

"你就算借钱，也得撑一段时间。口碑很重要。做人一定要有担当。"

方才的僵局就此被打破。如果说我来之前还隐约希望他们能追加投资，或者借笔款子让我周转，此刻这绕着弯子隐而不发的希望已经消退。不过，这些人中头衔最低的那位财务开口了。

"总的原则是不能以公司名义对外进行借款。"

"所以我才去自己问朋友借款。"

"不能借款。'本协议约定的投资事项完成后甲方申报 IPO 或挂牌新三板前，如果甲方再次增加注册资本，增资前对公司的估值不应低于本次投资完成后的估值。（增资出资人为乙方的，不适用本条的约定）'这是当时协议的条款，不低于我们投资时的投后估值。"

"所以我才去自己问朋友借款。"

"不能借款。"

"不可能按照这个，不可能按照高估值来投资啊。"

"您是公司的创始人，您都觉得不可能按这个估值来投资，那怎么去说服其他投资者投资呢？现在想要继续按目前的模式运作下去，唯一的办法就是对公司进行增资。"

卡夫卡的城堡，筋疲力尽的 K。

我慢慢地说道："我现在是要让公司活下去。活不下去，之前一年所做的就白费了。借款也是我拿房子抵押的事，我不会对外宣布借款。我借到钱，投进公司撑一年，撑不下去，是我丢了房子，和你们没有任何关系；撑下去了，有了融资，有足够多的收入了，公司再还我借款。连利息都是我自己承担。"

"那您是以什么名义把这笔钱给公司用呢，借给公司？从公司走账？"

"借款。个人账户转进公司账户。"

"我们现在的原则是不能以公司名义对外进行任何形式的借款。"

我的女投资经理焦虑地看着我们。我们重复着上面的对话，重复了多少次，我自己也记不得了。我的财务截图告诉我，账面余额只剩 131 920.16 元。很快就是十号，我得发工资。我必须坚持些什么。之前网上流传着这样的说法：十号前发工资，大都是高大上的好公司；十至十五号发工资，多为制度较为健全的公司；十五日后发工资，中小型企业居多。我那时还得意了一番，并将这篇文章转发到了公司大群。

不过当然了，即便是这样，我也不能为自己的言语攻击开脱。（我的眼角余光一定是注意到了，大老板已经起身离开。）我开始指责坐在我斜对面的这位小财务，好像他代表了所有我将受的委屈。"你们根本不在乎我的小公司会发生什么，你们无所谓我是死是活，是吧？"

长久的沉默。我发烫的脑门慢慢冷下来。这样激动我自己都很吃惊。

我听到了他们每个人的呼吸声。财务总监、财务、女投资经理。你为什么那么愤怒？一个声音在我身体里问我。不，我无声地回答，我只是不想死，难道你们看不出来？

他们要求先休会十五分钟。然后，还是那个小财务，拿出一份"股东借款承诺函"让我签字。他的声音干涩、阴郁。

股东借款承诺函

至被承诺人：

××1、××2

鉴于某某（债权人）与××1（债务人）于　年　月　日签订《借款协议》，协议约定某某作为××1大股东向××1提供借款，借款金额【　】万元。

某某同意××1仅以其历年累计净利润金额及对外进行股权融资所取得的现金流入为限作为偿还某某借款的还款来源。

若××1出现法定、公司章程所规定及全体股东协商一致同意的解散事由后，清理公司的债权债务时，历年累计净利润金额及对外进行股权融资所取得的现金流入仍不足以偿还借款的，某某同意豁免××1的还款义务。

承诺人：

　年　月　日

某某是我，ⅩⅩ1是我的小公司，ⅩⅩ2是我投资人的公司。我曾经觉得创业很刺激，就像在绷紧的钢丝上行走，觉得自己随时会崩溃，其实要让一个人崩溃哪那么容易。只要有钱让你又能撑过一个月，马上人就又舒坦了。

送我去大门口坐车的路上，财务总监突然讲起了他养的一只老狗。"它已经十四岁了，前肢瘫痪，因为长时间卧床，前肢已经生疮流血了，每天只要没睡着就不停地哼哼，需要人时不时根据它的叫声判断它要干什么，我劝孩子放弃它，让它安乐死算了，孩子和他妈怎么都不愿意，其实明明是对它的解脱。终于熬到上个月才离世。执着的，想要成全的，从来都只有人。"我镇定地看着他，他觉得我也该给自己的公司实施安乐死？

"听我一句，解散所有人，你账上还有十三万，自己省着点花，也可以撑一年了。等经济景气了，再出来融资。"

这几句话他说得很轻柔，像是自言自语。他说得没错，可我做不到。做个光杆司令其实不简单，能跟所有人说再见，也挺了不得的。从很小的时候开始，我就不擅长如何跟好朋友说再见，我在纪念册上写下感人的句子，却从来没去过车站送别。我甚至也不去朋友家串门，毕业时连地址也不留，完全断绝收信的念想。

"你还年轻，公司只要不注销，就等于没歇业。"

这毫无意义，我心想。

"这一年你可以好好想想，没准你辞职辞错了，也许是时候退回去，不干了。"他继续低语着。我差点儿想问他，为什么他不偷偷带狗去安乐死。

空气里萦绕着各种可能性，能送我去高铁站的公共汽车来了又走了两班。我不懂他为什么想坚持说服我，他一边坚持又一边烦躁地看了几次手表。

我觉得自己还是得端着点儿可笑的坚韧的姿态，于是我说："不了，我还是打算抵押房产。"

他轻轻地点了点脑袋。我把双手插进大衣口袋里，在他暗淡的眼神里，我看到了一年前的自己，兴奋，激动，那时我从不这样和人聊天，我们不聊丧气的事，也想不到有这样的事。他们眼里也有着同样的神采，盯着我，请我吃一碗他们食堂下的面，很信任我的样子，仿佛一切都能被我手到擒来。

我装出来的笑容，从我脸皮上滑过去，溜走了。

车来了，我们都得到了解脱。他用极其严肃，几乎有点谴责的口吻说："快走吧。"

下了车，我朝车站广场走去。广场上有人在扫地，还有人在浇花。我从他们身边走过时，他们突然抬起头，睁大眼睛紧紧盯着我看。这是被人偷了或抢了，陌生人会有的那种反应。于是我停下脚步，把双肩包卸下一边，转到前面看了看，拉链好好的。

"就是你？"扫地的和浇花的对视了一眼，又看了看我，再看回彼此。"都什么时候了，林杨还去不去？"

下篇

你看过契诃夫的小说《在路上》吗？小说写了一个早已破产的男人，一个类似毛姆《刀锋》笔下拉里的男人，研究过各种学问，尝试过各种信仰，四十二岁，老年近在眼前，却无家可归，在他对一个富有的年轻女子诉说过种种之后，"不知是他那敏感的灵魂果真能够领会这种目光呢，还是他的想象力也许欺骗了他，总之他忽然觉得，只要再说上两三句优美而有力量的话，那个姑娘就会体谅他的失意、苍老、苦难，不假思索地跟着他走去，问也不问一声。……不久，滑木的痕迹消失了，他本人浑身是雪，看上去像是白皑皑的悬崖，可是他的眼睛仍然在雪片的云雾里寻找什么东西。"你写的这个关于创业，关于等待，关于一切都会好起来的故事，很像那个结尾。

或者，你可以看看契诃夫另外一个短篇小说，《带小狗的女人》。有妇之夫和有夫之妇，本想一夜情来着，却演变成了真正的爱情，他们讨论了很久如何才能摆脱目前的处境。"'应该怎样做？应该怎样做呢？'他问，抱住头，'应该怎样做呢？'似乎再过一会儿，答案就可以找到。到那时候，一种崭新的、美好的生活就要开始了。不过，两个人心里都明白：离着结束还很远很远，那最复杂、最艰难的道路现在才刚刚开始。"你的小说结尾有点像是这个。

一切都会好的。一切都会好起来的。一切都会慢慢好起来的。

但是不会好的，不是吗？不会好的。永远不要说：一切都会好的。一切都不会好的。

二〇一六年九月，你在虹桥火车站川流不息的人群里，见到了已经分别快十年的前男友。他最近的一次创业刚刚宣布失败。他开发了一个手机摄影作品分享 APP，希望能聚集摄影达人、文艺青年和他们的朋友。但只考虑了 iPhone，失败是必然的。你告诉他，你很想做一个编剧能接活儿，还能制片方、编剧互相打分的平台。

"那你一定得见见我的前技术合伙人！"

在他的讲述里，你想象出了一个有趣的宅男极客。他曾经在世界五百强公司工作了好几年，却从来没穿过西装。前端和后端的代码他都能码。休息的时候他随手就开发了一个话剧剧本写作软件。考过北影，因为政治分不够被刷了下来。痴迷科幻小说……想到你也许可以跟他一起创造出些什么，你更兴奋了。你马上买了去广州的第一班飞机票，十点多钟就出现在了他面前。他有各种各样的问题，你一一作答，最终赢得了他的信任。之后你们还找了间不错的咖啡馆，聊起科幻小说时他的话比之前多了几倍。你觉得他够理性，他觉得你不算太笨。你们从来都不是什么好朋友，但从那天开始，你们一直一起工作到了今天。和你前男友一样，他也是超过一米八的大高个儿，酷爱威士忌，有一张爱挖苦人的嘴。他挂过你几次电话，觉得你不可理喻。

"Idea 阶段解决的是方向的问题。需求分析阶段解决的是前面直觉揭示的问题，本质到底是什么，是不是真实的需求，是不是痛点，有多痛。大问题需要被分解成可以解决的更小的部分，或者可以解决的一些步骤，每一块都要明确，没有歧义。不仅要定义问题，还要定义评估解决效果的方法。最后才是行动方案的制定和执行。"

在他发过几次火，甚至给你写了一封严厉的辞职信后，你慢慢开始学着做一个能跟技术人员友好交流的产品经理。他缜密的逻辑思维让你觉得他挺迷人。这也让你在抵押房子得来的贷款就快用完时，还继续往里贴钱。为此你签了四本传记的合约。"我写一本，就能再养你的技术团队一个月。"你反过来安慰他。

你们几乎不聊任何私事。在他知道你生过肺癌后，他告诉你，他妈妈，一个妇产科医生，也得过癌症。"都过去好多年了，她现在还活得好好的。"很难想象一个极客的爸爸是个老公务员。你纳闷，他爱看科幻的爱好，他特立独行不结婚不要孩子的生活方式都受了谁的影响。少有的几次共同出差的旅途，排队等出租车的时光总是在猫不知道甜味蚂蚁从不睡觉但一天打两次八分钟的盹这样的冷知识中度过。不记得他哈哈大笑过。刚开始合作那会儿，他在豆瓣建了一个书的豆列，比如《用数据讲故事》《重来》，用了"强烈推荐"这样的词。《怎样解题》，给你的留言是："一本我觉得全人类都应该读的书，但毕竟和工作没有直接关系，所以你自己斟酌吧。"你读了，但你从不给他反馈。你们不讨论。不再有书单了。通过团队协作工具 Tower，你观察到他和他的技术团队总是工作得非常晚。当他们还在一一报备又修复了哪项

bug 时，你躺在床上看电影。

　　投资人的钱还满满地在账上的时候，你宣布也要搞团建。"如果你强迫我早起去爬山，还不允许我的人请假，我就辞职。"你知道他说到做到。不了了之。在机场约见的几次，你真实地找不着东南西北，总是他让你原地待着，他来找你。你总是笨手笨脚。偶尔骑一次自行车也会出车祸。见过你俩的投资人都对他青眼有加。他们明示暗示，离开你，他可以轻松找到年薪百万的工作。可以把团队带上。话都说到了这个份上。你生自己的气。气你没法把功能那么强大的软件顺利推销出去。他只是笑笑不响。为什么他还是愿意和你一起创业？

　　"答应你之前，我考虑了很久，好几个月。你至少有一个优点，执行力强。"他是在试图让你开心点？

　　你不知道，你们算不算朋友。如果你宣布公司破产了，他会怎么看你。"服务器在，那些软件就都在。一个月交一千块钱就行。"跟你说话，他永远就事论事。刚开始，你们还偶尔提起你的前男友。他认为在一意孤行和感性冲动方面你俩非常相像。知道你把房子抵押了，还借了几十万元债，他问你，为什么没有早点告诉他？"我是这么不讲义气的人吗？"他反问你。

　　所以你看，你的运气其实很好。除了没钱。你没有经历过被背叛、被架空、拆伙乃至反目成仇。没有内在的分崩离析。很长一个时期，他陪着你开开心心去探索，他把每个按你要求新开发出来的功能称为"你的玩具"。

善意。你从来不缺这样的幸福。知道你身边有人过世，朋友在追悼会结束后请你去了 Blue Note，给你买了 Pee Wee Ellis 最贵的演出票。你坐在第一排，观察年近八十的萨克斯名家如何用身体的摇摆演绎出自在的节奏。你观察他们彼此心灵交会的眼神，他们无言的亲密。又老又胖，流下鼻涕的黑人老头腰部却很灵活，扭起腰来乐感十足。要求台下跟着他一起吟唱时流露出带有一丝狡黠的微笑。萨克斯真是让人体会到遥阔的一种声音。一个接着一个的即兴 solo，丰富多彩的音阶琶音，变化莫测的节奏，衔接顺畅的转调，再配上乐手的表情。结束后你仍然意犹未尽。你们在二十四小时便利店里买了最便宜的威士忌，一直讨论到子夜时分。

"整个晚上，你没有开口跟我们一起唱过一次。我注意到，周围的人都唱出了声，你没有。"他得出的结论是，你永远不可能真正投入。你的另一个朋友也敏感地注意到了这点。"你从来不真正投入，所以你做出很投入的样子。"

那么这次创业，你真正投入了吗？

在一堆要做的 PPT，要读的专业书，要分享的演讲，还有那些见一次就让你自我怀疑一次的投资人会议中，你创业的第一年就这么过去了。

在这一年里，你做了六个不同的类型故事公号，发现了将近四百个年轻作者。口头上他们崇拜你，叫你走走老师。你比他们的平均年龄大了十岁。写作的经验也比他们丰富得多。二十四岁的时候，你就和贝塔斯曼签约出了第一部长篇。你跟创意写作专业的名校硕士生们讨论叙事学。你做了十五年顶尖文学杂志的编辑。你的简历看起来很不错。但你也给时尚杂志写性专栏。有好几位男性因为看了那个专栏成了你的朋友。"每次看你的专栏，我饭都会多吃一碗。"请你去 Blue Note 的那位这么说过。他们究竟会怎么想你？你告诉他们你还做了一个风水公司时他们同样坦然接受。

"有没有觉得我这种跨界很离奇？"你问他们。

"什么事情发生在你身上都不离奇啊，因为你没有停止过进入各种离奇的领域。"

你的母亲也和你的朋友一样。归根结底，除了接受你，还能怎样呢。自从你生过一次大病，她跟你的相处好了一些。应该说，她对你更加包容了。没有孩子，没有房子车子，没有钱，她都不再冷嘲热讽。她只希望你健康地活下去。你之前写的书，她从来不愿示人，因为里面有很多性描写。这次这本，你预计她会喜欢。你已经过了写完一部自己满意的小说就想出次轨的年纪。你对性爱的好奇，突然就冷却了。你不再发掘危险的情热。这和你总是遭受打击也有一定关系。创业之前，你身边的朋友离不开作家、画家、音乐人、诗人，你们之间很容易有点什么。都很敏感。都会注意到那些不易觉察空气却为之一变的信号。看展览时站在你身后的位置。过马路时站在你手边车来的方向的位置。总有那么几次，你们的手碰触到了一起。创业以来，你同样认识了不少男人，他们几乎只有一种身份：投资人。没有机会让你旁征博引、妙语如珠。因为不断重复着相似的内容，你自己也有些厌倦，需要用咖啡强打起精神。除了一个有想象力的盈利模式，没有什么再能吸引到他们。而你偏偏拿不出来。他们总是坐在你对面。他们一脸严肃，客气地机械地重复着"明白""明白"。有时他们也会毫不掩饰地看看表，打断你的畅所欲言。你同样比他们的平均年龄大。七岁或是八岁。在千篇一律的日光灯管下，你感受到了这巨大的年龄差，你们之间从来就不平等。加个微信吧，他们把手机递过来。没有人再找你聊过天。结束后他们顶多送你到电梯口。更多的时候，他们只是为你推开玻璃门。他们在那边，你在这边。

所以，当有一个投资人表现出了对你的公司感兴趣时，你是不是内心一阵惊喜呢？你几乎对他言听计从了。你是跟你的技术合伙人一块见的他。他首先提出，希望你用自己的专业素养，为他的公司开发出一份未来网络文学发展趋势的报告。你为此准备了三个月。你看了很多专业评论。为了了解那些网络文学，你扫了近千万字，夜里眼睛疼得都闭不上。你逼着你的技术合伙人跟你一起琢磨，你写完一万多字报告的那天，他给你看了他开发的软件雏形。它可以提取出全文高频词，主要人物、地点、场景，还能在提取出描写人物的形容词基础上画出人物关系图谱。

可你没谈拢投资条件。那是创业以来，你离钱最近的一次。不会再有下一次了。你是不是整个弄错方向了呢？如果只是筛选影视版权，签进来卖出去，你可以严格控制你的员工成本，你究竟有没有浪费第一个投资人给你的几百万呢？

你做出了选择。软件的完善比你想象得要持久。简直是旷日持久。你用光了投资人的最后一分钱。"拿下第一个客户，我就要飞去广州和你喝掉一瓶威士忌。"你对你的技术合伙人说。"你想多了吧。"他真是说得太对了。

第一个客户二十个月后才出现。

　　过去在文学圈，你听说过一些潜规则的事。比如一场饭局，一次敬酒，一双手放到另一个人的膝盖上或是腰上而那个人没有推开它。没有尴尬的对视，彼此心照不宣。那么通常意味着发表、出版、一篇有来头的评论，或者一篇有分量的序言。

　　想要拿下投资人或是客户，什么才是最好的战术？

　　对此你一无所知。你只明确一点，绝大部分投资人与创业者，连友情都无从谈起。

　　为了挽救部分自信，你开始着手写这部小说。你已经两年没有动笔了，为此你有点不安。处理开头的那几天你睡不着，你不希望自己像个怨妇一样开场，你想找到那种满不在乎的调调。然而最终，你写下的每一个字，都将把你钉在一座名为"失败者之歌"的十字架上。

　　这两年，你对所有熟悉你的朋友、同事撒谎。你要求自己的员工，即使离职之后，也不能透露半点公司的实际运营情况。就在不久前，北京的一个剧场来上海发布他们的开业大戏，邀请了上海绝大多数的知名作家、编辑。你没想到会见到他们。那天你状态不错，穿了漂亮的真丝裙、高跟鞋，涂了口红。你步伐轻快地走进戏院的休息大厅，迎面碰见了一群人。大部分是你过去的作者，你的同行。

"你原来那个文本分析的公司还在做吗？"

"做啊。今天才去了一所高校演讲，顺便推广一下这款软件。"

"我一天到晚看你在发风水大师的，以为你不做了呢……"

"俩公司。"

又有人走上前来。

"你还好吗？公司不做了？"

"谁说的？"

你打开微信，翻出一些客气周到的用户反馈给她看。

"已经有985名校采购了我们的软件。今天进另一所211院校演示后反响很好，也准备买呢。还有很多高校要了试用账号。顺便开了第二家风水公司，每天都有业务。"

你再次打开微信，翻出一些付款记录给她看。

"那就好！身体还好？别太累。"

第三批人再想问你点什么，却什么也问不出了。

"看你状态，应该不错吧？挣了很多钱吧？"

"好得很，风生水起！"

你大可以沉住气。你那么夸张的语气，他们会不会更确定，你其实过得很糟？接下来，他们真真假假地祝贺你，你也努力扮演一个成功者的角色。

这部小说面世后，他们会打开看吗？你已经想好了说辞：小说嘛，作为一种虚构文学，虚构就是其本质。最好的非虚构是虚构，最好的虚构是非虚构。真真假假，假假真真。再说了，你还有一个作家的身份。就算宣布破产，需要离开你的小工作室，重新找工作，这个身份也能让你鼓起勇气。

天是不会塌下来的。

第二章　林杨的一月

上篇

"我是来带你去你的林杨的。"

"每个人的林杨都不一样吗？"

浇花的脸上浮出一丝浅浅的笑意，"当然，别向别人打听林杨，林杨对每个人都不一样。"

车站旁有一间豪华的酒店，大堂里有几株高大的盆栽。浇花的陪我坐电梯来到顶层，我们沿着铺有金色地毯的走廊向前走，一直走到最里面一扇毫不起眼的门前。

门上有一块小小的牌子，镌刻着五个字：走走的林杨。

门自己打开了。门后是一架旋转铁梯。我站在楼梯洞口往上看，光线昏暗。我开始爬，楼梯陡峭，爬了好久才爬到头，有一条狭窄的走道，走道上两两相对，一字排开六个房间。每个房间都没有门。第一个房间里有一张床。第二个房间里有一张书桌。第三个房间里有一个衣橱。第四个房间墙上装了一架电话机。第五个房间是卫生间。第六个房间里有一把椅子。看完这些，我已经觉得百无聊赖，返回到楼梯口，发现楼梯已经不见了。原先的楼梯口，这回变成了整整齐齐，一片雾灰的水门汀。

我想走到窗户边上看看外面，这才发现，六个房间，哪间都没窗户。如果刚才没跟人来这里，回上海的高铁应该已经穿城而过了吧。眼下我只能在这六个房间里踱起步来。要是有盏灯就好了，我想。最好是从天花板悬挂下来的吊灯，欧式的，花枝型的。这么想着，吊灯就在眼前出现了，出现在走道的正上方。我在第一个房间里的那张床上坐下，弹簧发出嘎吱嘎吱的声音，心里想着，下一个得要些什么。

我想要五百万。这一次，再有五百万，我准能撑上两年。这一次，空气里没有任何动静。

那就要一两新鲜出炉的小杨生煎吧。一只白餐盘出现在了第二个房间里的书桌上。一碗白米饭，一碟酱菜，一杯水，一双筷子。

"林杨春天很硬朗，风也是硬的。"我突然想起了那条短信。这么说来那人是在一个有户外空间的林杨，而我却在这么小的六间房间里。

"林杨不是虚构的。在林杨，你只需考虑一件事，怎么打发时间。"我拿出手机，没有信号。那就来些书吧。"如果我坐牢，你们要给我送《四库全书》。"我曾经那么虚张声势地和朋友说来着，到了这会儿，我不得不承认，我肯定只想要能打发时间的侦探小说、爱情小说。我平时看的那些大部头，那些哲学书根本不合我的胃口，它们只在我家里的书架上蔚为壮观，实际每翻几页就忍不住放下。毫无疑问，我要了东野圭吾的全部小说。静止的空气再次让我失望了。

接下来我想要一扇能上锁的房门。没有动静。为此我只能自己动手。首先我比较了六个房间的大小，个个一般大。我把床、书桌、椅子都搬进了有电话机的房间，最后把衣橱推到了门口，用它堵住一大半的门洞，只给自己留下侧身能过的距离。就这样，不出半小时，这里就成了我在林杨的，自己的房间。

怎么打发时间。以及，需要打发掉多久时间。

打坐？这是我皈依以来一直想做又没能好好做的事。生活中的诱惑毕竟太多了。而眼下，不会再有什么事能让我分心了。打坐所需要的时间和安静，我全都有了。我盘膝坐在床上，调整气息出入，想着不想任何事情，却想起了之前在上师所在的甘孜石渠的日子。石渠是四川海拔最高的县，平均海拔四千二百五十米，比拉萨还要高六百多米，但我却没有一点儿高原反应。夏天的石渠美不胜收，草原上繁花盛开，草叶随风摇摆，上师和他的弟子们都会找个舒适的地方坐着，消磨时光。在草地上，在树下，在花旁。他们在那儿待上一个又一个下午，有时也在那里辩经。唇枪舌剑，击掌跺脚。

"师父，我这'百字明'要念到什么时候才算完？"转完一遍佛珠后我问上这么一句。上师听了，却只是露出神秘的微笑。上师身材胖大，双颊总是泛着红晕，因为脸圆眼圆，看起来表情总是仁慈的。"继续转。"他回答。或许他送我的这串佛珠里头果真隐藏着什么，只有通过捻动每颗细小的珠子，才能真正把握住一切善逝的智慧。

如果那时，我真的念满十万遍"百字明"，我会避开今天这场濒临破产的劫难吗？从林杨出去，我就得开始四处借款了。开场白也许总是一样的，"我能不能问你借些……钱？"这句话不能一口气完全说出口，得在"钱"这个字前面稍微停顿一下。这个停顿，等同于鼓足勇气。

我突然想到要照一下镜子。没有镜子。我只能打开手机上的相机，对准自己看了看。自从手机上有摄像头以来，我还是头一次借助它这么仔细地打量自己。这种打量对信心于事无补，我发现自己脸色黯淡，晒斑有增无减，眼角的每一道皱纹都在告诉我，我的青春已经属于上一个，已经彻底逝去的时代。

这个世界的确，每一天，都在朝着衰老、朝着死亡，转个不停。

不过真正体会到这一点，是在我离开林杨以后。那时我用账户上仅剩的一点钱中的五千五百元，购买了FA为期六十天的融资中介服务。有天下午，我按FA安排，来到外滩边一幢写字楼。开会前半小时，我先是收到了这样一条短信：【某某集团】欢迎您于2019-03-01 14：00到访某某集团，您的ID号是948956，请抵达前台时出示……然后在前台，我又体验了迄今为止最严格的安保措施，在几架锃亮得无可挑剔的电梯前犹豫了几分钟后，才算准时抵达办公室门口。然后嗒嗒的高跟鞋声把我从下午的昏然中唤醒，我把电脑合上，看见面前站着一位身材娇小却有着完美比例的美腿女神。

"你是作家？我第一次见到这样的创业者。"她回应着我的凝视，眼神中透着些许好奇。在我熟稔的介绍之后，她抛出了一系列专业术语。商业模式盈利模式经营模式核心竞争力壁垒……不新鲜，我兵来将挡水来土掩。但她打开了手机上的计算器。按下几个数字后开了口。"你挣不到钱，你现在这个模式挣不到钱，几年后你也挣不到钱。"我相信我的脸上一定露出一丝窘态。"不，不能这样算……"她侧过头去，看了一眼远处的高楼大厦，然后抬了下双手，开始滔滔不绝。她真的非常漂亮，那种最显著的美一定和青春有关。她应该是九五后？我看着她灵巧的手在我面前摆来摆去，有点发呆。她这样伶俐的人儿，还是在一本黑本子上记录和我的见面过程。她会写下些什么呢？她连我的真名都不知道。但她径直宣布了一个小小希望的破灭：不跟进了。

送我到电梯口，她正要转身进办公室，又突然停了下来。"我会读读你写的东西。"我有没有表现出感激？感激地冲她笑笑？

那天下午，让我能回到办公室，继续镇静地面对一群翘首以盼等着我带去好消息的同事的，是两杯超重泥煤风味的拉弗格。我得承认，我被那姑娘的聪明漂亮，以及闪闪夺目的青春击垮了。

第一杯拉弗格下去，我想我得考虑一下，如何才能实现融资成功这个目标。第二杯拉弗格喝完，我想我得鼓起勇气，让我的小公司活下去。

究竟是什么能让一个创业者在情绪大起大落之余始终保持坚定意志？这个问题我在林杨就开始想，但没想明白。

自从我在林杨用手机上的相机照了一回镜子，我就乐此不疲，也因此发现了鬓角边的一些白头发。我当即决定，一离开林杨，就要去我熟悉的"法剪"，剪一个短到耳根的发型。这能让我看起来瞬间年轻几岁。（遇到女投资经理的事实证明：看上去比自己之前年轻一些，精神一些，在真正的青春靓丽面前，于事无补，不堪一击。）

在林杨，一开始的那段时间，我一直在竭力避免自己惊慌、烦躁、不安。我仔细观察房间水泥墙面的色差。我踱步时会下意识地将后脚尖对准前脚跟。我用数数的方式开始计算，我还得待上多久才能出去。如果我就此失踪，谁会最先惊慌呢。

这个问题我后来花了很长时间才想明白。肯定不是投资人，应该也不是我那些年轻的九五后同事们。他们顶多抱着八卦的态度讨论一下我会去哪里。至于拿不到的一个月的工资，大抵他们也只会对着上了年纪的老财务点点头。对我，他们应该还算满意。每个中午，他们中的一个会发短信问我：要不要一起吃饭？不管我何时踏进办公室，他们会抬起头看看我，眼睛里有一种鼓励的神情。我知道他们想知道，我不在的这个上午或下午，这一天或那一天，我都见了哪些客户。"他们会和我们合作吗？"一个月后，这个问题变成了"他们会投我们吗？"

"机会不大，我们还太早期，"我承认自己的失败，"但我们肯定能活下去，这点我敢保证。"我一边放包一边挥挥手。他们也配合地做出一副松了口气的表情。

我丈夫和我母亲应该会惊慌。我母亲应该会犹豫很久才拨打我丈夫的手机。他是个法国人，我们在一起的十三年间，他们见过的次数屈指可数。报警？我母亲骨子里是个浪漫的老女人，她会觉得我一定是爱上了另一个人，要是我的失踪和爱情没关系，她会大失所望的。但我只是一个人，在一个密闭的空间，想着自己要是失败了会怎样。终日无所事事对我这样靠工作逃避很多事的人来说，简直是片刻不得安宁。那种无聊的感觉到了后来变成了倦怠，有那么几个下午，被咄咄逼人的投资人劈头盖脸五雷轰顶的把我轰出写字楼时，就有这种浑身提不起劲深陷泥泞无法自拔的苍凉感。之所以定义它是一种苍凉感，是因为身心都有一种认命的安宁，并非不可忍受却又无力回天的那种安宁。

我不知道我在林杨已经住了多久，我只知道自己不会被饿着，对几个房间的犄角旮旯也了然于胸。有天我醒来，突然感觉到四周的墙壁在不断往外扩张，不消一会儿，四堵墙外加一块天花板就远到了十几米开外。第一次，我有了辽阔之感。除了与以往截然不同的辽阔，这里没有其他风景可言。我躺着的床应该是张标准双人床，眼下一参照，成了特别小号的儿童床。我从床上坐起来，情不自禁坐成了盘腿的打坐姿势。有一个声音清晰地在心里回响：你看，你需要留在这儿。

一旦盘起腿来，一旦视野真正开阔，相信我，有种神奇的力量会升起。你会想低头，想垂目，想极其系统地想明白一件事儿。哪件事儿呢？

要是公司失败了会怎样。不怎样，走一个破产清算的程序。要是我失败了会怎样。不怎样，找个工作，重新上班。要是我把房产抵押贷款，公司仍然失败了会怎样。不怎样，把房子卖了，还清贷款就行。那么我为什么难以释怀？

按照马斯洛的说法，应该把那些所谓的成功人士定义为自我实现者。我是因为自我得不到实现而沮丧吗？人活着，必需的那些东西到底是什么呢？是不是因为，拿投资人的钱，本身就意味着存在于他人的审判、计算和意志之下？当然，拿不到投资人的钱本身也能算作一种失败，可非得烧别人的钱不可吗？难道就因为现在的商业模式说服不了那几个脑袋，我就认为自己一事无成？

我想到了小说中那把精彩的万能钥匙：成功的创业都是相似的；不成功的创业各有各的不成功。

那么投资人呢？那些名片上印着投资经理，看起来努力精明能干却显然初出茅庐的年轻人，他们怎么定义自己的成功？据说能够退出并赚到钱的投资人连百分之五都不到，可他们在我面前个个像是成竹在胸。我把他们分为两类：把 iPad 外接上键盘当笔记本电脑用的；用笔记本和笔的。他们谨慎地转动我们工作间的把手，有礼貌地朝我点头弯腰，但他们从不感谢为他们倒上茶水的人，连快速点点头的都很少。他们敲打键盘或者奋笔疾书，然后，他们从我眼前消失。回到他们自己的办公室以后，接下来，又会发生些什么呢？

这不太好想象。在我忐忑不安等着我这个项目上会，猜测它是不是能过立项会的时候，他们都干了些什么呢？鉴于到目前为止，还没有传来成功的好消息，我猜测他们谈起它时会一致摇头，叹气。明确在微信里拒绝我的少之又少。第一次电话访谈之后，没有一个人再和我打过电话。我猜他们不习惯产生歉疚感，他们不希望自己在拒绝一个人时声音里流露出犹豫，哪怕只是一点点犹豫。他们索性不再打电话。他们连微信也不再回复。他们集体沉默，消声。

那么，还未失败的投资人和还未成功的创业者之间，可能有友谊存在吗？

友谊也许有，也许没有。爱情，它发生过一次。我不认为那个为我心动的人真的是为我心动。在投资圈里他寂寂无名，虽然他所在的公司可以排进前十。他是个被压抑了很久的公司第二把手，一连失踪几天也没有助理询问他的踪影。但只要他在办公室，不管那会的规格多大多小，他都会被应召入席。他单独约我在咖啡馆见面时我就知道，那笔融资，又黄了。这就好比两个一起挨了揍的小孩，除了相互搀扶着从地上爬起来并成为朋友，没有别的更好选择。夏天过去，我俩就睡到了一起。第一次是在一间快捷酒店，我对自己公司出差住宿标准定的是一晚三百，我得以身作则。他坚持要来看我时我倒没有半点羞愧，马云不是说过"创业者要有吃苦二十年的心理准备"嘛。我们沿着肮脏的灰色机制地毯朝房间走去，对其简陋他只是看在眼里，并没流露出太多惊讶。走到写字台前时，他却停了下来，朝桌上看了一眼。"没带书？""没，我怕重。"我肯定地回答。他有些惊讶。后来我才知道，每次出差，他的背包里总有一本论写作的书，有时是村上春树的，有时是海明威的，每本都没读完，对作者的观点倒记得洋洋洒洒。我拿起水壶装水烧开时想起了一个女作家笔下的海岛行记，那个讲述出轨的故事里同样有一个酒店的热水壶在嘶嘶作响。不知道我在洗杯子时他是不是带着同情打量过这小小的十几平方米空间。因为下一次，他坚持带我去了郊区的温泉酒店。

那是十一月的一天，为了避开我热情的朋友们，我们换了两间酒吧，总算才接上头。他已经喝得有些多，代驾在路边等着我们。我们看着他把折叠自行车放进后备箱。车在黑夜里奔驰，直到酒店门口。在巨大的门厅里，我们被告知，住宿的房间离大堂还有几百米。我们悻悻地从大堂推门出来，重新上车去找那遥远的房间。我们经过花园，凉亭，甚至儿童乐园，就是找不到那栋据说有着朱红色大门的建筑。代驾之前已经离开，他带着微微的酒意不耐烦地寻找着，只要感觉到他朝我这边看，我就会抬起头，给他递上一个温暖的微笑。就是作家笔下会写成温婉、体贴的那种微笑。

和他在一起的时候，鉴于他把我当成一个作家来看待，我总显得与平时格外不同。有时我从作家角度跟他讲讲自己笔下的人物，有时则从编辑角度跟他说说其他作家都怎么修改自己的小说。第二天中午，开车送我回城的路上，他突然没头没脑地问我，作家都怎样构思自己的小说。

　　很多人都问过我这个问题，在各种图书活动上。但我回答他的方式和之前的都不一样。

　　我若有所思地盯着车窗外飞掠而过的白杨树。

　　你知道吗，属于一男一女的幸福时光是很短的。它们只属于过去。它们和耐心、理解、微笑、好脾气一样，总是属于过去。比如昨晚，我说着把目光从光秃秃的树枝那儿转移到他脸上，昨晚我昏昏欲睡，我的朋友已经为我订了一间不错的四星酒店，原本今早我要做一个采访，这些都因为你想要给我一个惊喜而泡汤了。你在黑夜里来回找路。恋爱时可以容忍成浪漫。可到了婚姻里，它可能就是最后一根稻草。坐在副驾驶位的妻子会在后视镜里看到自己厌倦的表情。

　　千真万确。他说。

　　对一部中短篇来说，一个写作者光写一些美丽的文字已经远远不够了，时时刻刻都得想一些有灰度的细节，应该大量使用第一人称调侃自己。最重要的是，必须看起来有些恶毒。

他露出困惑和迷茫的表情，几秒钟后，他探头问我：我开了座椅加热，你会不会太热了？

世事就是如此容易预料，属于我们这一男一女的幸福时光果然很短，三个月后，在他家乡的城市，他告诉我，他爱上了别人。于是我忘了那个冬日午前自己的笃定，在陌生的城市陌生的酒店里独自哭了一小会儿，一夜醒来，窗外下了大大的雪。

在上海很难见到如此大的雪。在这种不同寻常的天气面前，一个小情小爱的人必定会有一番大彻大悟。比如一切已经发生的都只是命运安排的一个过程，接下来将要发生的，命运有其充分的理由。我掏出手机想拍下这漫天大雪发给他看看。但就连像素都觉得这事不堪一提，试了几张都拍不出高逼格雪景照，我也只能把手机重新揣回兜里。

思绪到了这里，就必须喝上一杯了。念之所及，桌上出现了一杯啤酒。我拿起杯子喝了一口，我得敬敬谁呢？敬那些接见过我的投资人，还是跟了我十几个月的团队？为已经几个月没有领到孝敬款的母亲，还是为周末都难得见上我一面的丈夫？我突然想起去杭州的前一晚，我和一个比我早一年创业的朋友见了一面。那晚我下了班，沿着淮海路往环贸 iapm 方向走。离公交车站隔着几十米远，我却忽然感觉到有人在看我，我停下脚步，朝四周打量了一番，这时，有人在马路对面叫出了我的名字。

我们走进商场，暖气扑打在外套上，室外洁净清新的凉意被钝化，朋友脱下大衣，里面是简单的毛衣牛仔裤，既看不出创业成功的痕迹，也看不出创业失败的影子。所以一在餐厅坐下，我就毫无客套地单刀直入：听说你刚拿到新一笔融资？他摇摇头：我离钱最近的日子是在两年前。很好啊，我说。是啊，还活着，还在生命线上挣扎。这时，服务员出现了。他接过菜单，一边翻看着，一边说，你知道吴晓波说过这样一段话吗？中国每天有一万家企业登记注册，一年三百六十五万家，这三百六十五万家企业中，百分之九十七在十八个月里面死掉。他朝我抬起头微笑，"你现在有十八个月了吗？""有。""那么，"他说，"你应该为你自豪，你是那少数的百分之三。"

他给自己点了一份南瓜汤。我看着他有条不紊地喝，从中间白色漩涡状的奶油纹路开始，他用勺子一层一层，逐层享受着他的这碗汤。"那么，你有没有把投资人的钱装进自己口袋里呢？""当然不会。"我没好意思说，我正打算到处借钱，让公司能继续运转下去。他严肃地点了点头，"你知道吗？不说五成这么多，有接近四成的创业者先富了自己。""有那么多？""是。"他把眼睛一翻，"我说的都是事实。"

我想起了我们共同的另外一位朋友，任何一个新公号，他都有本事第一篇文章就做到几万＋，"你怎么能篇篇都是爆款？"有次我问他，"不是爆款，"他摇了摇头，"爆款是十万＋，我只能做到几万＋。"几年前他创业做短视频，那时连主打生活短视频的某个知名互联网新媒体还没动静，他顺利拿到了几百万投资款，在不到一年的时间里花光了这笔钱。我在几个月前见到过他一次。"你知道吗？我差点拿到 H 资本的一千五百万。"H 曾经投资过 Apple、Google、Cisco、Yahoo……H 资本的掌门人是《欢乐颂》完美男神谭宗明的人物原型，据说他的朋友圈价值两点六万亿。朋友沉吟了片刻，"但我觉得，这道题放在你面前，你也会答错。"

这道题是这样的。我这位朋友的第一笔投资款是 G 资本给的。作为最早进入中国市场的外资投资基金，G 投过腾讯、百度、搜狐、小米、携程、拼多多、蔚来汽车……听说 H 资本打算给我这位朋友第二笔钱，一千五百万元，唯一条件是让他们出局，G 不乐意了。"凭什么他们比我们后进还要反客为主？你去告诉他们，我们会给你更多的钱，不会让他们进来。"我这位朋友高高兴兴地约见了 H 资本，把话如实带到。等他再见到 G，没了竞争对手，他们突然对他的项目意兴阑珊。微信圈里，他打上咧嘴大笑的表情，那看起来天真纯朴，没心没肺，他跟这两家资本说谢谢，他们一个字都没再回他。一个月后他的账上断了现金流，他向 G 求助，投资经理缄口不言。也实在不能怪他们。投资界的人最爱做的事是锦上添花，而不是雪中送炭。他既没酗酒落泪，也没借债度日。他解散了团队，把比自己小十几岁的九零后情人找来，让她帮他搬空办公室。劳累了一整天后，他朝她笑笑，坐在窗边的办公桌前打开电脑，给所有还欠着他款没结清的客户发去了自己的银行卡账号。团队给不少客户拍了广告视频。那年年底他收回近百万账款，带着小情人去了欧洲，玩了一个多月。回国后既没离婚也没分手，公司也没申请破产清算，零零散散地接些活，就这样过到了现在。"我的痛感神经很不敏感，"他告诉我，"拿到钱我没有创业成功那种骄傲，拿不到钱我心里也没有过什么失败感。不就是过日子嘛，自己过得下去就行了。"

　　"像他这样拿了未结款的，算不算先富了自己？"我问朋友。他笑了。"他是我们共同的朋友，我不予置评。"

　　我这位朋友和我同龄，曾经是非常出色的媒体人，他有句挂在嘴上的名言：能规划的人生一定索然无味。那次我们见面是在我租的办公小院。他带着我见过很多次的小情人，一晃，九零后的小情人也已经年近三十。我给他们倒了两杯酒。自从开始不断见投资人，我就在办公室里备上了酒。文艺青年笔下的生活里，堕落与纵欲，借用的一直都是烟和酒。但其实，很多创业者也会爱上喝酒，因为它能提升胆量和决心，或者提供一个逃避的短暂去处。他端起杯子喝了一大口。"创业是不是开阔了你的眼界？"他说，"你原先待的纯文学那个圈子太小了，大家朋友圈转来转去的无非是谁谁开了研讨会，谁谁入了提名名单。商业能让你了解这个世界之大，了解这个世界上诸多奇迹以及本质上的没有奇迹，还有许许多多不同的生活方式。"我点点头。虽然我心底并不认可。如果开阔眼界就是目的的话，那阅读、旅行不是更有效？

　　"总的来说，我状态不错。"看得出来，他心里并没有嫉妒、怨恨或是失意、怀旧。他看着我的小院。野草和竹子一起在生长，绣球在开花，曾经年轻的女人在老去。"假如当初那道题放在你面前，你会怎样回答？"

我想了想，老老实实地摇了摇头。"我没觉得你做错什么……那么，正确的做法应该是怎样的呢？"

在回答我之前，他冲小情人挤眉弄眼地笑了笑。"你看，我和她都是同类人，我们注定会失败。"他一口喝完杯里的酒，把身体往椅背上一靠，伸出一只胳膊搂住自己的姑娘。"我失败后走访了很多成功的投资人，我一会就告诉你，正确的做法应该是怎样的。但在那之前，我要告诉你一件事。如果你还想玩下去，如果你觉得自己是高手，那么，一旦你觉得形势已经无法逆转，自己肯定会输，那么不论账上还剩多少，你都要立刻关门认输。你得学会止损。你不能搭上自己的生活质量。"

我感谢了他。我的读者朋友们，虽然这个长着一张圆脸，有着一颗铮亮光头的男人在这里短暂地出场之后直到结尾才会再次出现，你们还是应该牢牢地记住他，因为结尾我才会告诉你们，他那道题该怎么答，才算玩得转资本游戏。

酒杯还在我的手上。是的，我这才想起来，我还是身在林杨。杯子在手里转了几转，算了，还是敬敬我自己吧。

因为这一年多，我从自己身上发现了出人意料的一面。那是一种十分纯粹，发自内心，执着到了偏执地步的东西。

"那你准备好了吗？"

房间里回响起一个中性的声音。

我当然还没准备好。我差点喊出声来。这一点，连傻瓜都看得出吧。等你准备好再开始？没人会等你。我把盘着的两条腿打开，慢慢下了地，走到了房间正中央。

如果没准备好，就假装准备好吧。

过了几分钟，楼梯出现了。

下篇

你究竟在林杨失踪了多少天，谁也说不上来。

听到你摸钥匙的声音，你的丈夫给你开了门。他没有拥抱你。他一个人在前面走，一直走到沙发那里，坐下，看着你。

你跟他说了林杨的一切。他完全不相信你说的。跟你的母亲，你什么都能说。跟他可不行。你甚至可以跟你的母亲探讨出轨那些，她是个明白人。"你有本事出轨，就别让他知道。除非你不打算过下去了。"或者，"我还当什么事呢，不就那点事嘛。"她这辈子只有过一个身体意义上的男人，可她比你通透得多。你们是两个极端，但再遥远的殊途也会同归。

你最终只能说，你想一个人静静。

"你知道吗？我考虑了所有的可能性。我甚至想过，要不要去派出所报警。我认为这些天，你跟别人在一起。"

"你觉得公司现在这样，我会有心情跟别人在一起？"

"这么说，公司要是好起来了，你就有心情跟别人在一起了？"

"什么时候你开始变得小心眼了？"

面对他的怀疑，你想，总能找到解决办法的。你会哄好他的。

"你一直在骗我，对不对？"

从你们认识那一天开始，你就在骗他。他问你有过几个男朋友，你回答三个。那是你第一次骗他。你的女朋友们发现你可以很狡猾：一生二，二生三，三生万物。

"你是个坏女人。"

"坏女人？为什么？"

"你出卖了我们之间的隐私。你从我们认识开始写起，当中穿插了好几个其他男人。"

出卖。他没说错。很多作家都有类似的名言：所有作家都是恶魔；作家通常出卖别人。写作是一种具有进攻性的、甚至充满敌意的行为……是一种实施隐秘暴力的策略。

他告诉你，他新来的实习生，一个法籍华裔女孩，买了你过去的小说，好几本，她把那些描述出轨的段落一一画了出来，还翻译给他听。

"小说结尾，我的女主人公杀死了她的男人。你还好好地坐在我面前，不是吗？小说本来就是虚构的。"

你在他身边坐下，拿起他的一只手紧紧握着，面带微笑。

"你的实习生是不是爱上你了？她只是希望我们吵架，仅此而已。"

危机解除了。但自从你创业，你们的关系还是发生了变化。在一起的时间越来越少，即使在一起，你也总是隐在电脑后。每天晚上八点回到家，你还会打一些工作电话。

"我们越来越像室友。"他说。

他要求你晚餐尽量回家吃，周末最好别出差。你拒绝不掉的一些饭局，就催他们傍晚五点半开席，你坐到八点走。总吃两顿晚餐让你开始发胖。有些夜里，他凑过来吻你，可你眼睛还看着手机。你的作者、你的同事都知道，任何时候他们找你，你都在线。

"我不想，我还有工作。"或者，"我没心情。"

这方面，他从不强求你。他只是用力转过身去。过去，你不在床上看手机。你在床上看电影。他会趁你专心致志时吻你，跟你捣乱。你推开他时他会吻得更用力。

"我要跟这部电影竞争，看谁更有吸引力。"

他不再试图抓住你。你的不耐烦一次次伤害了他。

"你需要一条狗，招之即来，挥之即去。"

中秋和国庆，长假将至。你们再次分离。你们早就计划好了这次回乡之旅。他想待上五周，甚至更久。要陪伴父母，还要拜访一些之前在中国交下的法国朋友。往返机票就要八千多元。除了机票，还要买礼物，请人吃饭。在法国生活也很贵。就算住在他父母家，日常开销还是要 AA。关于这次旅行的讨论最终演变成了"你什么时候才能真正放手"的讨论。每个月你都对他说，"下个月，要是工资发不出，下个月一切就结束了。"可是总有下个月。

抵押房屋所得的贷款其实还有一些，足够你支付机票，但是那样一来，留给公司的钱就会变少。你得活下去，带着所有人，在一艘将沉未沉的船上，还得活上一个月。有了一个月，就有了至少三十天的可能性。

"你把每一分钱都投进了你的公司，你从来没有考虑过我们俩的生活。"

你母亲顶多跟你说，"别上征信黑名单就行。"

你和他之间，令人难以忍受的沉默越来越多。

你曾经以为，辞职后，自己做老板，自由会大得多。你慷慨地给过他很多承诺。不管他去哪里，你都可以跟着，你只需要一台电脑，每天花几小时处理完工作邮件就行。那时你给自己开的工资是税后两万元，不多不少，旅游的目的地可以随便他挑。

可后来你出差坐飞机坐高铁，就跟坐出租车似的频繁。教过你的老师这样在朋友圈推介你的讲座：作家走走，曾是我校文艺学研究生，也曾是著名文学杂志的编辑，现在成为一位推进数字人文文学研究的专家。劳拉·穆尔维曾说过："对快感或美进行分析，就是毁掉它。"且看走走如何将她对文学创作的独特理解实现与数字人文和人工智能技术的无缝对接！讲座的题目是：从创作到创业——解开文字里的密码。同样的四十几页PPT，你将讲上五遍，十遍，二十遍……你谈论NLP自然语言处理，语料库的分类，自动分析面部表情（愉快、悲伤、害怕、厌恶、惊讶、愤怒、自然、轻蔑）的Face Reader软件，对AI写作是不是会取代作家发表意见。你给人留下专业的印象。你穿着得体。每到一处，他们给你掌声。老师们会用上"精彩"这个词，同学们则用"震惊"来形容。不会有人想到，你看似拥有所有可能，实际就快身无分文。不得不表扬你一句，你的心理承受能力还不错，穿着高跟鞋就上了钢丝绳，不到最后一天，你的嘴上不会认输。

跟出版社谈版权合作，跟高校谈软件购买。你已经习惯了碰壁。你的导师给你介绍了他的前同事。她让你去了她在另一所高校的办公室。你想拿出电脑演示，她阻止了你。非常抱歉，她说，我对人工智能这些完全不好奇。你坚持也没用。你说来都来了，就几分钟。讨好也没用。既然她不打算接待你，为什么又让你跑一趟？这影响了你一整天的心情。

从春天到夏天，你度过了最糟糕的三个月。窗外阳光明媚，你却无法享受。你总想躺下。起床去上班变得如此艰难。十点，十一点，十二点。你进办公室的时间越来越晚。你不敢听音乐，任何音乐都能让你听出悲伤来。你睡觉。你拒绝所有的饭局，你跟每个人都说自己很忙。你待在拉上两层窗帘的房间里，昏暗包裹着你。你不知道自己是不是抑郁了。你对世界的看法并没有变得更消极，你只是不想进入每一天。

你很想再去一次林杨。但除非它找上你，否则你去不了。

你的丈夫想改变这一切。你们从未讨论过抑郁这个词。他认为你只是在担忧，还有一点焦虑。他计划了一次海岛的旅行。所有费用他来承担。大概他觉得海岛的太阳能让你变回本来的样子，你曾经是他口中的"向日葵""小太阳"，整天活力四射，照得他头晕目眩。这一次，他没有寻求你的帮助。在一个住宿预定 APP 上他搜索了一圈，最后选定了一家，它的照片看起来格外吸引人，有大大的花园，还有游泳池，价格只比三星酒店高一点点，还含了税费及其他费用。难以置信。他立刻下单，支付了全部房费。

你们去的日子错开了所有节假日，不会有大量游客妨碍到你们。白天黑夜的任何时候，你们都可以坐渡船去海对面的市区。你们可以在岛上错综复杂的小路上闲逛，可以在游完泳后大快朵颐地吃海鲜。他还带上了全套摄影器材，他喜欢给你拍照。

下了码头他才发现，导航显示，酒店还有相当长一段步行距离。你们拖着行李箱，在烈日下缓步前行。将近三十分钟才抵达。办手续时你们才知道，你们住的便宜房间在酒店的副楼，没有泳池。想要游泳需要另外交钱。按照指示路线，你们穿过美丽的花园。花园背后，才是你们要去的地方。一楼。房间不算宽敞，两只行李箱一打开，就没多少地方了。靠近地面的墙面上分布着一些霉点。阳台上摆着两把椅子，朝着花园，除此之外，没有别的任何优点。

出发之前，你已经假装对这次旅行迫不及待了，看到这样的房间，你不想假装高兴。你已经努力咽下所有抱怨的话。他为什么没有想到，可以把这次旅行的所有开支送给你呢？有一个月为了筹措工资，你从借呗上借了十万，微信上借了三万三，三六〇借条上又是九千三，接下来的每个月，光是还款账单就压得你透不过气。你已经把自己的工资砍到了一万多，付完各种账单之后，就几乎不剩什么钱了。你怎么会走到今天这一步的？

你在酒店房间里拖拖拉拉。你缓慢地起床，缓慢地化妆，缓慢地换衣服，他受不了就总是催你。你说你很累然后你就不再说话。你也不想在潮乎乎的被子底下做爱。如此陷入恶性循环。后来几天老天开始帮你。总是在下午，天空变得昏暗，风里有了凉意，紧接着就是一场大雨。你的丈夫愤怒地看看天，看看床上的你。他一定是在想，肯定有什么弄错了。

你们有了更多时间相处。他开始一瓶接着一瓶地喝红酒。你皱起眉头，让他少喝点。他却借着酒劲反复问你在林杨的那几天。一开始晚上问，后来白天也问。他说，直觉告诉他，你遇到了一个男人。"是不是他能在生意上帮到你？"他反复试探。"出轨没什么大不了的，"他说，"只要你还爱我。你爱我吗？"他一次一次恳求你说出来。你打开所有银行 APP 给他看，给他看个人账户上加起来可怜的四位数。你已经几乎身无分文，可他对此却还一无所知。你的嘴角扯出一丝苦笑。说你整天只想着钱的事。它差点把你压垮，你说你用睡眠麻痹自己。你平时不喝酒，没有更有效的办法了。他一把把抓着自己的胡子。打着卷的胡子，白色的部分越来越多。这唤起了你心底前所未有的温柔。这个男人选择留在异国他乡，跟你在一起，已经有十三年了。你是在自己的国家，周围是你的朋友、你的母亲，他呢，他有什么？在他想要和你出去散散步，买束鲜花回来时，你头也没抬，说你没时间出去。你在家的形象远不如你在外面的形象。一年四季，你穿着运动衣运动裤，很舒服，但也没腰线。你用黑皮筋把头发扎起。不想长时间佩戴隐形眼镜造成角膜缺氧，你一到家就换上眼镜。你一遍遍改着拿不出手的计划书，皱着眉头，一副厌倦的神情。有时他会开玩笑说："我嫉妒上班时见到你的那些人。"有一次他在本子上写你的大名，他反复写那个"田"字，他说"你看，你用四堵高墙把你自己封闭起来，监狱里面你还隔成了四个小单间"，他在"田"的四个方框里分别写下"工作""钱""工作""钱","没有你自己，也没有我"。

你的眼睛有些湿润了。你有一整个世界想去征服，可他只有你。你总是以为，只有挣到足够多的钱，才能过上自己期望的生活。可你们也许谁都等不到那一天。

对你而言，真实的生活似乎是从这两年开始的。过去，你不用每天上班，等他下班后，你们就出去喝一杯。你跟他讲一天里看来的故事。你为你们的夜晚已经选好了一部电影。你们手拉手回到家，晚饭前，你和他各自看一会书，音乐在你们的身边流淌。如今你们几乎不再出去。你们吵得越来越频繁。他讨厌你摆出一副居高临下的表情跟他说，他不懂，因为他只做过老师和签证官这两种工作，他从没在大公司上过班。于是他针锋相对：你不是一直觉得自己很聪明吗？那怎么到现在都不见你成功呢？你知道他说这些只是为了气你。但你还是被气得脸色通红。当你又拿到一笔几千元的讲座费，忍不住买件新 T 恤或者新衬衫时他会生气，"你不是说你已经没钱了吗？"有时影视公司从北京赶来找你开会，你晚上十一点才到家，却想不起来跟他通个电话告诉他一声。"你就不知道什么是共同生活。"渐渐地，他也开始跟朋友们出去，同样不告诉你。但你们还算相爱。因为那个深更半夜才回家的人，从来不会弄出很大动静，总是轻手轻脚，怕把房间里的另一个人吵醒。但往往，那个人没在睡，还在等着。

有时你也会带上他去见你的朋友，他听不太懂你们说的，你常常忘记替他翻译。他坐着，不再看你们，而是低头看手机。你也不再注意他。你试图感受过他的孤独吗？你意识到，因为你的缘故，你们已经浪费了很多时间。

你用温柔的声音跟他道歉，告诉他，你想对他好。

他抱住你，说他相信，你会找到解决办法的。

好了，笼罩的乌云散去，太阳出来了。

你们去海边散步，在那里你们庆祝了你的生日。他送了你一对珍珠耳饰。你已经四十一岁了，你的朋友们几乎全都安顿下来了。他们有的要了第二个孩子，有的在国外买了房，有的从杂志社辞了职，去大学教书。所有人都有一份稳定的工作，除了你。你是他们当中唯一一个，积累了那么多经验却持续走在下坡路上的。他们还客气地羡慕你，说你不用过平庸的生活，不用过每天被闹钟叫醒的日子，不用从早到晚被困在一间小小的办公室里。你其实已经不再雄心勃勃。刚拿到融资时，你什么都想做，你喜欢用"穷尽"这个词。你会说，你想穷尽所有类型电影的桥段，你想穷尽中华人民共和国成立后所有的学术著作，将它们压缩成导读版，建立一个全部由书本知识构建起来的搜索引擎。

回到酒店，走进洗手间，关上门，你不用再打起精神给谁看了。你卸了妆，突然发现，因为消沉，自己已经有了一种老女人的神色。你敢打赌，你已经比你那不问世事的母亲还要苍老。你打了个冷战，你怕自己再也走不出这个困境。你很想大哭一场，可他就在门后。曾经，你是受人尊敬、大有前途的作家、编辑，你几乎认得这个国家所有出名的作家，是年轻作家们众星捧月的中心人物，如今，你提心吊胆每个还款日的来临。有一瞬间，你有一种冲动，想把他送你的耳环在闲鱼上卖掉。

你，一个老女人，开始往五十岁上走了。

第三章　无法说再见

上篇

坐在酒店大堂的沙发上，我留心着进门来的每一个男人。很多人手上都拎着一只电脑包，显然是来出差的。他们的脸上没有表情，头发全都梳得整整齐齐，看起来早就丧失了职业热情。他走进来的时候同样很普通，我没法违心地说他很醒目，事实上，直到他快走到我面前，我才认出他来。我们分手时，我还不到二十四岁。如今，我也不敢说自己的背影还残存一份活泼和轻盈。

从分手那年起，我就再没见过他。当时他还是一个年轻的杂志记者，光阴荏苒，如果不是认出了他黝黑的脸上挂着的谦虚纯朴的笑容（那是他以前面对采访对象想让对方不设防的招牌笑容），我可能都认不出他来。

很高兴见到你。

我也是。

两个人沉默了片刻，然后他脸上的笑容开始松弛下来。他知道我是来问他借钱的。所以他看着我的表情从客气渐渐变成了好奇。

"你现在……自己出来干了？"

"是的。但是干得不好。"

他困惑地点了点头，却没说什么。

"所以，你是真的被共享单车搞死了？"我贸然问道，"我还记得，你是真的爱骑自行车。"

他笑了笑，"我骑着自行车游历了五大洲。所以我觉得这座城市需要一辆自行车。"他晃了晃手中的车钥匙，"来看你我也是骑车。"

我有无数的问题想问他。他的至暗时刻是怎么熬过去的？他那些售价昂贵的手工自行车都去了哪儿？他现在在做些什么？

短暂的沉默。他转开了目光。"你还没到最绝望的时候。你还有朋友可以找，有钱可以借。"

"所以，你会借我钱了？"

他点点头。"来，跟我讲讲你在干什么。"

我从背包里掏出笔记本电脑，迅速连接热点上网，点击软件页面。

"之前我主要卖小说的影视版权，为了更好地筛选出故事，开发了一款软件，主要解析文本的主题、人物、地点、场景、人设、对话、情感的积极消极、主要情节的识别。今年影视大环境不好，所以我就在那个软件基础上技术转向，开发了世界上第一个人工智能浓缩书软件。它运用 NLP（自然语言处理）、句法分析、语义依赖分析、无监督学习算法等技术对中文文本进行压缩，几十万字出版物压缩仅需 3 秒；客观公正，无任何人为解读，人工智能按比例浓缩提取全书精华，不增加、不修改原文；完整清晰，保留全书知识结构框架……"

他朝我看了一会儿，从口袋中掏出了一只不锈钢便携小扁酒壶，慢慢拧开盖子，呷了一口，看似意犹未尽地舔了舔嘴唇，咧嘴笑了。"你问我怎么熬过的至暗时刻？

就靠它了。最颓废的时候我每天都在喝酒，每天回到家就站在阳台上喝酒、抽烟，总觉得心里有座大山压着，经常醒得很早。过年时发不起年终奖，我跟所有同事道了歉，年会散了后我自己找个地方要了两瓶酒，喝多了，哭了一会儿回家。"说这话时他上半身往前倾，双臂撑在膝盖那儿，脑袋埋在手心里。

"你知道，我一直追求品质，我的车，质量特别好，我觉得是生活方式的消费升级。但它们被共享单车被摩拜被 ofo 迅速冲垮了。摧枯拉朽那种。"

他的头发还算浓密，我想伸出手去，但我只是谨慎地朝四下望了望，我不想他的悲伤惊动任何人。

他终于挺直了身子，"创业以来，你有没有觉得，在某个地方，在某个遥远、无常的地方，有一群神在玩着掷硬币的游戏？我们就是他们手中的硬币，被他们抛起，其中一面会落地，会写着输或赢。你和我，我们还没倒，我们在旋转。"

他停住不说了，好像在斟酌着什么不该出口的话。"你后悔过吗？"

四十一岁，银行里没有任何存款，没有孩子，房子是租来的，可以说一无所有，如果可以删掉，可以叫停一切，Ctrl+Z，撤销这几年，重新开始，把这几年重新过一遍，就在我待了十四年的杂志社，我当然愿意。

"不过，既然没法重来，那也只能继续下去。"

"你这么做是为了什么呢？借的钱都是要还的，为什么不及时止损？"

我思考了足足三十秒钟。

"不为什么，为我自己，为了不让自己悲伤。我也不知道。我就是没法跟团队说再见。"

我的脑海中闪过这样一幅画面：大学毕业后，我攒钱买下了宜家的一架大床，八年后我结婚，没法带进新家，我坐在床边，想想就流泪。我丈夫在床头柜上放了一杯泡着玫瑰花蕾的热水，他坐在摇椅上一边看着杂志，一边偷偷打量我。摇椅的嘎吱声尖细，那声音简直让我要发疯。

"难道你只是害怕裁员？"他笑起来，"你的软件离TOC还早呢，你早晚得经历我经历过的。"

"只要做过一次，至多两次，你的心就不会再柔软了。"他又补了一句。

"然后呢？"

"然后，你会像上了瘾一样，观察你的每个员工，审视他们做的所有工作，判断谁可以被替代。你不会再天真、幼稚地希望你的小公司是个大家庭，你不会再对任何同事推心置腹。一开始，你会犹豫，斟酌不同的语气，换上不同的说辞，试探。约出去当面谈，或者写封言辞恳切的邮件。可是那些都没用。给你个忠告：直言相告就行。微信上几行字就可以，甚至一句话。"

"可是写些什么呢？怎么写？"

"那种东西，"他温柔地说，"那种让人心狠的东西，我也还在学习。那段日子，我就一直听音乐、抽烟。也有的时候站在阳台上发呆，老想对自己冷笑，又笑不出来。"

"听音乐能治愈吗？"

"我这把年纪了不需要别人来治愈，关键是内心要强悍。创业者都是铁石心肠。"

我们又陷入了沉默。

几天后我就经历了这些。一个周六的下午，下着雨，隔着窗玻璃，雨声发出轻柔的响声，这雨声太像人的倾诉了，一个失败者，絮絮叨叨的倾诉。我终于要做出这个巨大的、灾难性的举动，我别无选择。拿起手机，建了一个"同舟共济群"，十一人，我先发了一张公司账户信息的截图，上面清晰地显示出了账面余额。

> @ 所有人
> 截至十一月九号，账上还有十三万。这近一个

月里，作为公司负责人，我努力找钱，最终借到了七十三万。这些钱，我们需要一起，努力撑更久的时间。更久时间＝更多机会。比如现在各平台的压缩书合作需要时间，传记回款需要时间，版权也有可能卖掉一个两个，也许融资也有所进展。之前Y资本在最后时刻说他们母基金有问题了撤销投资。所以，我一是看好公司未来，否则我也不会借遍亲朋好友；二是现状如此，可能也是创业公司必经之路。希望大家能理解并继续支持我。恳请大家和我私聊：减薪到多少自己能接受并愿意同舟共济；如果觉得没有安全感，打算离开也可以和我明说。留下来的，公司融资成功会补发所扣工资。留下来的同学，你们会少一些工资，工作可能并不会减少，但我们一起赌一下未来会怎样。谢谢大家。

平均年龄九五后的小朋友们纷纷发来各种"啊——啊——"瑟瑟发抖的表情包。

> @走走 晴天霹雳啊！
> @走走 老大你早说啊，帮拉投资去……
> @所有人

不管选择走还是留的同学，我都很开心和你们一起的这一年，我们尝试了很多有趣的探索，内心深处我不相信这样的公司会死，就像我总觉得自己才三十岁一样。希望大家对公司现状守口如瓶。因为我不知道大家每月房租，生活所需，等等，所以我会等你们来告诉我，减薪多少合适，再次感谢。我也是犹豫了很久很久，最终鼓起勇气的。

又是各种"加油"的表情包。

　　@走走　想想我们看过的创业小说，这会儿故事才刚到四分之一处，正经历牵动人心的第一个坎哇！
　　@走走　现在回想一下，出差变多了……

　　在我等待他们和我私聊的时候，我突然想知道，一年前，他们对我的第一印象是怎样的。从那之后又过去了九个月，此时此刻，我仍然很想知道。我还想知道，他们依然能看出我从前作家、编辑的样子吗？两年，我所经历的失败在我身上留下了什么印记没有？我曾一次次回放这两年，以一个历史学家的眼光，但我找不出任何一个重要的日子。没有这样一天，没有这样一个转折点，甚至都没有一个决定性的因素。所有日子都是苗头，征兆和铺垫，一路缓慢下滑，转眼就是下一个坎。

有好几个月，每天早上醒来，我都有一种自己正在犯错的挫败感。不过也许，换个写作者的视角，这些错误对我都是好的？但我就是没法起床。我只想在被子下面，把自己蜷缩起来。我的丈夫每天早上八点四十五分出门，他会小心地拉好两道帘子。很快，屋子里沉寂下来。灰蒙蒙暗淡的屋子，帘子静止不动。仿佛是遗忘的尽头。而我不介意被所有人遗忘。

有个周末，我从前一天夜里十点一直睡到第二天下午七点，起来吃点喝点倒头又睡，一直睡到周日下午，这种时刻昏昏欲睡的状态把他吓坏了。你怎么了？你是不是有抑郁倾向？我没法告诉他，被子让一天和缓地进入下一天，也许能有新的转机呢，那四个字怎么说的，渐入佳境。渐入，就是一种努力延伸，试图触摸希望。我开始把手机调成静音，反扣在桌上。这就像是我在翻牌，有了那么一丁点的主动权。失望转化为绝望，原来是一个渐渐向下颓落、半死不活的过程。

那段日子我头疼得厉害，医生建议用西比灵来预防偏头痛。"每晚两粒。如在治疗中出现抑郁或其他严重的不良反应，应及时停药。"我丈夫的话提醒了我，我找出药品说明书，确实：长期用药时偶见抑郁症。于是，我把一切推给了西比灵。

还没开始借钱的那段日子，不是这样的。那时我经常出差。第一班和最后一班飞机，上海与北京两地往返。最多的时候一天安排六拨人见面，从东三环到南二环，所有时间都花在交通工具上了。一日三餐都是省掉的，顶多午餐时在星巴克咽下一个三明治。他们看我演示软件，解释烦琐的算法问题。一遍一遍重复这些演示不会拖垮我，反而让我兴奋。回到家时已经是凌晨，我看起来浑身汗津津的，最终，洗澡水的热度唤醒疲惫，以及，一丝丝内疚。几乎所有的夜晚我丈夫都已经入睡，卧室里没开灯，鼾声隔着门缝传来。他给我留着门厅的灯。餐桌上留着钟点工阿姨做的晚餐。我能想象他的孤独。他独自吃晚餐，独自看电影，独自喝啤酒。有一次我连续出差五天，周六早上他见到我挺高兴，给我冲了杯咖啡，但是看见我还没起床就拿起手机问CTO，为什么WPS能提取出WORD文档的目录，却没法提取出TXT或PDF的，还把他开着的音乐调低了音量，他的好脾气被耗尽了。那个周末阿姨放假，午餐他给自己做了意大利面，一人份的。我看着他在厨房忙碌，他给自己拌了蔬菜沙拉，烤了两片面包，然后端去了他的电脑前。我还是看我的傻瓜节目吧，他说，至少它能让我发笑。他当着我面把自己关进了书房，我该怎么做呢？我知道我应该追进房间，抱住他，和他说说话。这是我的义务。但我还有商务合作方案要做，我也没法告诉他我的小公司挣不到什么钱，所有和我合作 AI 提取导读版的出版社都不愿掏钱，他们已经给了我五年运营权，够大方了。

决定从中国最好的文学杂志辞职前，我已经被口头宣布为主编助理。必须做出决定的那个晚上，我在浴室待了很久，洗了很长时间的热水澡，好像密集的水流有助于我集中心思似的。出来后我问了他的建议。他一言不发，认真倾听，听完给我放了一首歌，是 BEYOND 的《光辉岁月》。作为一个法国人，他不懂歌词，但他觉得，这个时候，我该听一首这样激昂壮阔的歌。

"你能告诉我，这首歌的歌词是什么意思吗？"

他在电脑上放的是黄家驹的粤语现场版，我听不懂粤语，于是上网搜了搜歌词：

钟声响起归家的讯号　　在他生命里　　仿佛带点唏嘘

黑色肌肤给他的意义　　是一生奉献　　肤色斗争

中　年月把拥有变做失去

　　黑色肌肤？肤色斗争？不明所以，继续搜，知道了这首歌背后为被困狱中的曼德拉所作的故事。

　　"所以，这首歌的精神内涵是关于自由与希望了？"他站起来，搂住我。

　　　　今天只有残留的躯壳　迎接光辉岁月　风雨中抱紧自由
　　　　一生经过彷徨的挣扎　自信可改变未来　问谁又能做到

　　"你有没有觉得，今晚，这首歌，是来自上天的暗示？"

　　他为我摘下眼镜，把我的脑袋紧紧按在他胸前。我们踢掉拖鞋，赤脚在地板上摇摆起来，发出不算刺耳的刮擦声。黄家驹声音的气势把我身边小小的一团雾劈开，裹挟着我的意志往上升，升到了雾团上方。那时我做出了决定。

　　那些日子，我干劲十足。干劲与声音有关。西装、风衣的窸窣声，高跟鞋的嗒嗒声，凌晨时钥匙在锁孔附近摸索的一两次金属声，在客厅里高分贝的讲话声。所有的声音听起来都年轻而有激情。有几次我改了航班，晚上十点多就到了家，习惯性打开卧室的灯光，听见丈夫的抱怨，他一边用胳膊挡住眼睛，一边嘟哝：你一回来，屋子就不安静了。他躺在黑暗里看着电影。像清晨四五点离家时一样，我俯下身去，在他额头上轻轻印下一个亲吻。电影继续播放，没有暂停。

对丈夫，我越来越歉疚。我记得回家时要拥抱他，要把吻落在他的额头上脸颊上嘴唇上。我提醒自己要问问他工作上怎么样，有没有遇到什么烦心事儿。周末我要留在家里，跟他出去吃饭，然后去电影院看电影。我应该经常说谢谢，经常说对不起。可我不在家。

那时我还没上交辞职报告，熟人也好同事也罢，他们看我的眼神里有担忧也有讽刺，在食堂，他们说，你收心吧，还是回来吧，你觉得你离开这里，能好到哪儿去？他们推心置腹，你得过肺癌开过刀，切掉了大半个肺，还折腾什么？他们不相信我能弄到天使投资。对于这些，我一言不发。而我心里说：走着瞧。

我知道，我在路上，没有退路了。

这里得说说我的老单位。一座建于一九三一年的老洋房，安置着三家杂志社。后来又在这片占地四千平方米的花园别墅区内建造了两栋办公楼。但这些新建办公楼的风水令人大失所望，后来据说请人看过，入口处放了两块嶙峋的石头化煞。树木葱茏，野猫勃勃有生机。在四根贯穿两层楼高的希腊爱奥尼柱支撑起的三层小楼里，我工作了十四年。一三五上班，午饭后的休闲时光，同事们在直接通向花园的一层大露台上打一两小时的乒乓球。在这里，什么都是急不得的。一份小说稿，走完整个送审流程，需要等上至少三个月。只能等着瞧。

全国的书报亭纷纷被拆除后，我的领导让我负责一项杂志社的对外合作。合作方是一个互联网公司，开发了一个原创文学作品在线投稿平台。我和对方老板在咖啡馆坐了一下午，直到黄昏。他用他那偏女性化的声音柔和地对我反复强调，一群资深编辑的入驻将如何有助于文学青年的成长，甚至能培养出不少作家。他一边说着话，一边把手摆来摆去，仿佛想要把一个看不见的、不愿被他掌控的东西圈进自己的手心里。我同意了。送他去街边打车时我才发现，他站在我面前，羸瘦，气色焦黄，佝偻着自己的肩膀。那时我就应该预感到：他的公司，气数将尽。他给杂志社分期支付了五十万元的合作费。日后我才知道，支付最后一笔钱时，他的公司账上，只剩下了一个月的现金流。

我从复旦大学创意写作专业找来了一群学生当见习

编辑，我也在安静的纯文学和吵嚷的类型文学中找到了某种奇妙的平衡。想当作家的年轻人如此之多，他们当中，没准儿真有不少，有当作家的天分呢。这些学生，构成了未来两年后，我无法说出再见的"同舟共济"群。

合作协议签署后，那位老板不时从北京来到上海，每一次，他都要求我签下更多知名作者。那时我还不知道，他已经捉襟见肘，需要这些授权协议为自己的融资增加砝码。要不是因为自己后来也做了老板，我恐怕永远不会原谅他。在他宣布破产前一个月，我刚签下了第二百位作者。在我们第一次见面的咖啡馆，他说：你瞧，事情就是这样的，我想靠你签的这些合同翻身，但我失败了。

"那些作者该怎么办呢？我的团队该怎么办呢？"

"现在说这些，还有什么意义呢？"他一边说一边抬起头，皱纹密布的脸上挤出一个难看的笑，一瞬就消失了。咖啡早已喝完，服务员给我们一人倒了一杯水，他喝了一口，"你要是还有时间，我给你讲个故事。"

"不过其实也没什么可讲的。我本来有一笔谈好的融资，一千五百万，协议已经签了，五百万过桥资金都发放了，我就想着做点什么。我觉得你在上海建的团队不错，比我在北京招募的团队强，那个团队 COO 在管，我就把他们全炒了。炒之前，我试探过几次投资人，她只说，我的公司我做主。那个COO是个基督徒，办离职手续的那天他一言不发地站在我对面，批判地看着我，好像在说，你怎么可以这样，上帝会给你应得的审判。很快投资人以团队变更为理由解除了协议。那笔过桥资金已经被我用来偿还之前的债务了。我这次来上海，就是卖掉我父母住的房子。"

说完这些，他说想请我帮个小忙。他很抱歉给我讲了这个故事。但他觉得我有足够的能力独当一面，"如果你愿意，来当我的合伙人吧。你的团队很棒，我相信我们能一起说服别的什么投资人。"说完他讨好地笑了笑。

在他的授意下，我确实见了一些投资人。等我说完我们打算合伙的事，他们就不耐烦地打断了。"坦白地讲，你找了艘要沉的船。最佳方案是你跟他撇清关系，带上你那些名家的合同，我们会帮你想办法的。"

"你这么做毫无意义。我们昏了头，才会去补一个窟窿。他已经融过一次资，九百万，一年多就烧完了，你这么一个著名杂志的资深编辑，怎么会卷在这里面了？"

"你认识的那些作家，他们才是金库，他们的版权才值得一谈。但是要为此接手一个估值已经虚高的公司……"

"恕我直言，你应该自己干。"

和这些投资人的见面，让我渐渐拼凑出了他的公司厄运的些许模糊轮廓。他的摸底工作做得不够细致。那位愿意给他一千五百万的投资人，和他的 COO，是一个教会里长达十年的教友。

我决定带上团队自己单干。

我的失眠症不知不觉好了。早上一醒来我就进入了工作状态。一切都得从头学起。我收藏了很多投资人会看的公号。那些我从前在财经小说上看来的词，股权、债务、财务杠杆、资本支出、集中度、组织、董事会、预算，如今成了我的日常用语。一切都是复杂的，但令人兴奋。一个年近四十的女人找到了新的学习方向。每天都有那么多东西要学。日后我开了自己的风水公司，用在线排盘排出了自己的八字，赫然两个"学堂"。《三命通会》谓："学堂者，如人读书之在学堂。""学堂主学业功名之事。凡学堂星入命的人，一般都比较聪明，可以考取功名，文才初中，登科及第，功名显达。"如果我早早知道一切已在命中，我会好好学的。

但那时候，我想着怎么让别人来帮我。

那段日子我写得最多的是 BP。BP 是创业者找 VC 的敲门砖。一个投资人平均每天收到一百份 BP，只有其中的五六份会受到重视。据说投资人阅读每份 BP 的平均时间为三分四十四秒，我要在不超过二十页的 PPT 里说明我是谁，我要做什么，我的产品或服务到底有什么价值，我会怎么做，怎么证明自己的执行能力和成功的把握。最重要的是，我怎么赚钱。一个作家却写不来这个。我找了很多 BP 来研究，最终得出结论：我必须找人请教。

我想起我见过的一个投资人，他似乎对我表露过好感。"即使我公司不投你，我也看好你。我会帮你。"要不要问他呢？他似乎一直期待着什么。从一开始他就反复强调，我是个作家，我做不来财务预测是正常的。有一次他把我比作张爱玲笔下的白玫瑰，尽管我和他不过只有几次咖啡的交情。他说过一些自己的故事。北京名牌大学毕业，自己创过业，做的是皮鞋的生意，做了投资人后私底下帮过一些小公司，因为借笔钱给朋友的钢铁厂，朋友到期没有归还，已经打了两年的官司。我在噩梦发生之前，没太留意他说的那些。日后，他和我的官司同样整整持续了两年，尽管我一再胜诉，他仍持续上诉。我花了几十万律师费，最终了结了这个麻烦。

在一个在商言商的世界，白玫瑰这样的语词，就是个圈套。你是我的白玫瑰。我从这句话里抓到的信息只能证明两件事：我太天真，或者自以为是。我先动了利用人的心思。隐患就此埋下。

也是因为这起股权纠纷官司，一开始，好几家银行拒绝了我的房产抵押贷款申请。我必须借到钱。我连一些来路不明的贷款公司都打了电话，不管是什么利率都愿意借，我的律师知道后及时出手帮了我。他出面替我担了保。我获得了银行年化利率百分之四点八的低息贷款。

那次我顺利地借到了五十万。拿出打印好的借条让我签字时他说："你得明白，你所有的失败，我是不会同情你的。"

我笑了，"那是我的事儿。"

他也笑了，"我知道你扛得过去，只是要记住，你也四十了，人生背债，仅此一次。"

我站起来送他时他轻轻搂住了我。往日的那点依稀尚存、遗忘已久的温暖又回来了。我们彼此道别，我因为公司又能撑过几个月，身体里注入了一种新的轻盈感，甚至想在他的怀里待得更久一些。

推门前他告诉我，《至暗时刻》上映后，他第一时间跑去看了这部电影，他说他特别喜欢丘吉尔的那句话：没有最终的成功，也没有致命的失败，最可贵的是前进的勇气。"你看那时你甩了我，我找到了比你更好的。"

十几年前的那个夏天，我们还在广州。他遭遇了什么，我又对他做了什么。有几秒钟时间，我完全僵住了。在我们重逢的这一个小时里，他竟然不提醒我，甚至连一个字都不说，而我也居然会忘掉，我如何甩开他的跟踪，走进另一个男人的房间。

那个"同舟共济群"建立后的九个月内，我和其中的八个人说了再见。我们彼此都曾互相承诺过，要撑到最后，不离不弃。他们看着我时，眼神总是那么温顺。有一个对我说："走，没看到你过上好日子，我是不会离开你的。"还有一个在我提出解除劳动合同时问我："那我没有什么能帮得上忙的地方吗？"没有异性对我说过比这更深情的话了。

我们从月租一万四、独门独户带小院的老洋房一楼搬去月租六千的老式里弄公房。大家都搬去新办公室的那天下午，我一个人留在老办公室里磨磨蹭蹭。那些庭院桌椅依然摆在我亲自种下的竹子前，竹子的颜色比刚种下那会儿黄了很多，缺少绿意。冰箱里还有半瓶红酒，我们过去常常在院子里一起午饭，每人喝上小半杯。我在椅子上坐下，觉得沮丧。宣布搬家的那天是周五，大家一下安静下来，很快按部就班地运转起来。订购打包纸箱胶带纸的，联系电信安排网络移机的，预约"货拉拉"的，拆宜家大沙发的，没人看我。就在这片井然有序里我清醒地意识到，我就像是温水，煮着这些已经完全信任我的青蛙。

这不是一个过家家游戏。

日光渐渐逝去，一日又将过去。我似乎就等待着日子一天一天过去。我曾经去寺庙里算过，那里的和尚告诉我：逆多顺将至，失久得必来。雨天不要赶路，晴日自有通途。在我加了他微信，给他转去两百块钱后，他告诉我：我得熬到农历七月以后。

> 八月是忌火土人的最后逆月，忌火土者于八月见意外之灾、离职、损财、各种压力。八月八日立秋，夏火旺极转衰，真正意义上进入农历七月。七月壬申金水月，是接下来数年金水年的开端，亦是喜金水人的转喜月。你是不是去年及今年上半年倒霉？立秋后可转好，未来可期。壬申月于八月三日壬申日进气，即每个交节前的第一个天干相同日，你可于此日好转。此后大的方面连着有二十年的好运。中晚年很是得力，交游广阔，财力和运程都很顺遂。

最后他告诉我：再等三个月就好了，日子过起来很快，冥冥中自有定数。所以你看，命理师只是用他者的身份告诉你：你干得了，你只是现在干不了，你得等。这是件好事。有明确的时间让你去等，你也许就不会绝望。

再坐一会儿，夜幕就将降临，四处邻居家的灯光将渐次亮起。这种法租界的上海老街区，在傍晚格外热闹。犬吠一阵一阵，此起彼落。或者谁家打开了电视，也没有清晰的句子，只是分辨出男声女声，在那里若隐若现。有女人在问，你们今晚吃啥啦。另一个声音答道，没啥，随便弄弄，随便吃吃。而这无人的空荡荡的九十平方米的屋子，将像死一般。而我也已经做了一切力所能及的事，从今开始我将等待。等待八月到来。

下篇

据说，一个CEO的成熟是从"砍人"开始的。可对你而言，事情没有开始变好。你把人员压缩了一半，公司还是没啥变化。为了发出工资，你签了四本传记的合约。你想写自己的东西，可你找不出时间。你着手搭建那几本传记的大纲。后来你把这部分工作交给了你的同事。在她完成的大纲基础上，你开始大刀阔斧地扩写。

很快你写完了一本。传主已经去世多年，他唯一的女儿回忆不出更多的东西。她对这本传记的质量有所保留。你不希望它平庸，为此你增加了一些小说化的情节，比如她的父亲和母亲如何在战火纷飞的年代相遇。她的评论是：非虚构就是非虚构，不能把虚构掺和进来。出师不利。你只能反复修改。你原本期望她能在一个月内打完全款，可她一句一句，把所有她认为有毛病的地方都挑了出来。已经完成的东西，再投入进去对你而言是痛苦的，烦躁的情绪抓住了你。而唯一能够对抗这种情绪的方式就是扔下它们。

你去看了一个年轻艺术家的最新作品。他在一种特制纸上随意作画，然后在纸的夹层中注水，随着时光流逝，水汽蒸发，画的轮廓开始氤氲、模糊，几年后，它将变成一张发皱的白纸。这组作品令你如此感叹，你想到了婚姻、成就、生死……种种，诗意背后的隐喻。你打算买下一幅。柜台前人头攒动。有人刚买到手就找来尖利的牙签，将水就地放掉。"五千元买一幅永久作品，肯定保值。"你被这种坦率的务实扫了兴。

可你没有时间沉浸在对诗意的解读中。你的九五后同事们鼓励你。"咬咬牙，你就能写完了。"你也这么对自己说，"只是改而已。写作，不就是反复地修改吗？"

完成行活真是一个漫长的过程。可你别无选择。此外你还得不断修改讲座上需要使用到的PPT。有的学校建议你多讲讲自己创作和创业的经历和感受，兼顾学术、科普和人文，最后才简单介绍一下软件。有的学校希望你做到"柔性的学术化"，尽量别做成产品广告。还有的学校希望讲座上多提案例分析，"特别是你们的产品之于学术研究的作用，可以推广，但不是推销"。

工作室所在的小区在法租界的核心地段，有最美洋房小区的称号。可你丝毫没有出去走上几圈的兴致。每一所学校你都做了相应的PPT，根据要求，你把自己包装成多种身份。两年时间里，你为将近四十名年轻作者出了书，所以可以说你是出版人；你组织团队开发了类型电影叙事轴，还配上了桥段辞典；从小说到剧本，再到文本分析软件、创意写作平台，你在做PPT时才发现，你的公司涉猎广泛，任何一个投资人都会有不聚焦的印象。

你也参加了几次创新创业大赛。优胜者的奖金高达五十万元，获奖比例为百分之二十。你花了大量时间准备演讲材料，你巧妙地写下各种激动人心的句子，在截止日期前最后一刻才提交所有材料。你等着他们通知你去参赛。团队里的每个人都相信你能拿奖。毕竟，你从小学三年级开始就参加各种演讲比赛，从来没有掉出过前三名。

比赛那天你仔细挑选衣服，穿上你最贵的一套黑西装，一件象牙白的真丝衬衫。你敲门进去，围绕着拼起来的长桌，六个男人、两个女人向你点点头。没有人对你微笑。你想起进来之前有人告诉过你，这八个人中还有财务官，而你唯一不利的地方就是你的软件还没盈利，它还没有客户。在这一点上，你的财务报表不可能作假。一开始的视频播放也有点卡壳，这浪费了你的时间。但你尽自己所能。你要做的就是成为百分之二十中的一个。毫无疑问，你是优秀的。你有丰富的演讲经验。你滔滔不绝。你表现得自信有礼貌。你甚至练习过手势和表情。

日子一天天过去，等待成绩揭晓是残酷的。获奖名单分两次公布，第一次，你在上百家企业中没有找到你的公司谷臻。同事安慰你。一个月后，还有第二批名单呢。光是上海，原来就有那么多家创业企业。你在心里默默祈祷。五十万元，足够团队支撑三个月，还绰绰有余呢。最后一刻前，群里什么消息也没有。你把手机放在电脑边上，不时看上一眼，生怕错过最先公布的那一刻。他们的材料应该没有你的丰富。除了PPT，你还准备了视频、音频。演讲的时候，你一点不紧张，不害怕，他们呢，肯定讲得无聊得要死。你记得自己演讲完，一个工作人员追了出来，找你加了微信。他说，你的演讲实在太精彩了。事后他给你的微信留了言，他说那之后其他人的演讲，他一个都听不下去了。他还说，如果你需要人，他愿意来为你工作。你为此高兴了好几天，觉得势在必得。

名单揭晓。你看了好几遍。你不相信。

如果那些评委是聪明的，是专业的（他们肯定是的），那他们怎么可能没有选择你的公司呢？你介绍的文本精华提取软件目前在世界上是唯一的，你们没有抄袭任何人，你们有着可贵的原创精神。是谁否定了你呢？发生了什么？

连续三次失败带来的羞辱感是巨大的。你的朋友试图让你重新振作，他讲述了自己的故事。他从亚马逊中国、苹果公司辞职后，很长一段时间没能找到新的工作。他第一次发现，自己这样一个只在名企工作的人生赢家、精英一员，也会有失业的那一天。他投出了很多份简历。但很长一段时间，他没有收到任何一家公司的面试消息。"现在的 HR 都很懒，就连一个拒绝的电话都不肯给。"一个星期过去了，接着一个月过去了。他开始失眠。烟也抽得越来越凶。有天晚上，他拿上滑板，踩着它在大街上随意游荡。在树下飞驰的感觉真的很好。

他滑到了一个五星酒店门前的开阔地。突发奇想，他打算在地上躺下。他的头靠近一个花坛，隐隐传来尿骚味。这是他第一次在冷硬的地面上躺下，看着正上方。夜空在他眼前展开，视角中没有任何地面物体，巨大的不确定性如此清晰。他躺了很久，先是感到了自己的渺小，后来，他感觉自己已经处在深深的夜空之中，与之融为一体，再没有上下之分。"那感觉，真的很奇妙。那之后，我修改了简历，脚踏实地。"他进了世界排名第一的玩具公司。

他确实鼓励到了你。在你只能一个月一个月数着苟延残喘，根本看不到更远的未来的时候，你没有资格自暴自弃自怨自艾。

写这部小说的时候，你曾经设想过，在它用第二人称说话的第二声部，你要让你的主人公去死。她可以从开煤气、吞服安眠药、割腕、上吊、跳楼这几种自杀方式中选择一种。你的朋友们（他们也是你的第一批读者）极力反对。"死太容易了，人都害怕承受痛苦，你应该让她像西西弗斯一样，面临永无止境的失败。"

是的，诸神也这么认为。"没有更可怕的处罚赛过从事徒劳无功和毫无希望的工作。"不像你开发的情节分析曲线，高峰接着低谷，你是在绵延的低谷中跋涉。看你的简历就知道，你曾经过过更好的人生……

等等，什么是更好的？难道你会错误地认为，"水和阳光，海湾的曲线，闪烁的海洋和微笑的大地"，那让西西弗斯一看到就赖着不走不想回冥府去的，不是那更好的存在？加缪说得好："如果西西弗斯下山有时会感到悲伤，他也能感到快乐。"

"挣扎着上山的努力已足以充实人们的心灵。人们必须想象西西弗斯是快乐的。"

区别只是，是否接受那推石头的命运，是否以主动积极的态度去推石头。

你的朋友拉你进了一个高校教师群。好几百人。什么宜春学院、惠州学院、新余学院、玉林师范学院、吕梁学院……你花了一个晚上的时间——发送验证申请，等待他们通过。两天后，三分之一的老师成了你的微信好友。你编辑好宣传内容，加上软件页面、已发表的核心期刊论文扫描图片、用户手册，整整十九条信息，勾选后，小心选择逐条转发。重复这个步骤又花去了好几小时。有几次，你错误地点中了合并转发，赶紧撤回。不管那所学校在哪里，一本二本还是三本，你一视同仁。你的自我介绍客气得都有点卑躬屈膝了，你要说服这些在中文系工作的老师们，你推荐的软件，能帮助他们完成论文的 KPI。有的老师坦然告诉你，自己没有什么话语权，中文系本身也无足轻重。百分之一的人会把你拉黑。你的同事们看着你一次次发送同样的内容。"还是陌生人，你一次就发这么多，会不会吓到他们？"

你不管。你要让他们知道，你这里有个宝贝。

任何人，任何地方，只要想进一步了解你的软件，你都会飞奔而去。你不再买机票，你甚至不再买高铁票，你选择那些今日发明日至，二十四小时以内到达的硬卧火车票，不会超过三百元，你可以在火车上工作。你有的是时间。幸好夏天过去了。

你认为自己已经符合创业者的一切要求。一天晚上，你在一个诗人朋友家吃饭。她喊来了一个朋友，你们互相加了微信，你发现他的自我介绍是周易文化研究会会长。他看了看你的头像：一张黑白照片。一匹低着头的马。不远处站着一个长发低垂，盖住所有脸颊的白裙女子。"你是不是不太顺？感到有些事情失控，心情不好，很想有变化？"他问你。

你挑了挑眉毛。"你怎么看出来的？"

"你的头像灰暗。人和马分离。人没有牵住马，更没有骑在马上，说明没有掌控权，不顺。头发挡住视线，别人看不见脸，自己也看不见未来。"

他建议你可以选棵树做头像。"头像会影响运气。"

你找了几张颇具艺术性的树的照片，被他一一否定。

"这是森林，树不能多，否则谁是你？没有体现出自己。"

"云太多，云属水，你属马，是火命，水克火。"

"不够生机盎然，生气不够。"

他给你选了一棵树。确实枝繁叶茂。只是天蓝得过分了。你更换后没几分钟，你的朋友们开启了群嘲模式。"怎么，做起微商了？""你的账号被盗了？"那个穿衣喜欢低饱和度的灰调子，头像总是选择模糊、清冷的你，不见了。

"你不觉得你有点虚伪吗？你现在不再是艺术家的身份了，你就是个商人，可你内心从未承认过这一点。你觉得他们是有高下之分的。"他直率地表明了对你的看法。可说是当头一棒。

是的。你用在微信上的头像、相册封面、那句个性签名都是你精心选择过的。你把自己看作是个有审美品位的作家，别看你现在站在创业者的淤泥里，你的脖子可是伸向精神领域的，呼吸着艺术的纯净空气。你甚至坚持过一阵子，原先工作过的杂志上发表的小说，你每篇都看，也就为了哪天再遇上那些作家，可以毫无隔阂，衔接起你再也不在的日子。不被遗忘很重要。但这不是由你决定的。来上海签售新书时，他们中的绝大部分不再找你，让你知道了什么叫人走茶凉。你不再读那本杂志了。开会、见人、做方案，你的生活满满当当。你的双脚，确实站在需要跋涉的泥潭里。蓝天白云下一棵没心没肺的树，对诗意最好的破坏与解构，可不就是如今每天卡着你脖子的日常生活？挣扎了几天后，你终于接受了你的新头像，新封面。只有那句签名不变：生死事大，无常迅速。

好吧，这是最后一根稻草了，压不垮你。

你只是需要时间，去克服这些自尊心上的小挫折。

重要的是你。你会因此失去对一部好小说的判断吗？你会在听 Tom Waits 时感受不到任何东西吗？你，真正的你，在你真正的生活里。

顶着这棵树，你再一次联系所有你能联系上的老师们，征询他们的软件使用反馈意见。一轮又一轮。

刚创业的时候，你在团队内部工作群里说完什么，总是随手打上一个微笑的表情。你认为这代表了你的和蔼可亲。终于有一天，年轻的同事忍不住给你转了一个帖子："微笑"这个表情，你敢用吗？"从面部肌肉分析图来看,这个微笑表情中,眼轮匝肌(靠近上眼角的肌肉)没有动作,是一种抑制微笑的标志,从而显得不那么友好,甚至可能含有敌意。"你脸红了,赶紧补救。从此,你只用另一个龇牙咧嘴的笑。你希望手机屏幕另一端的陌生人,感受到你真诚的热情。

渐渐地,你摸索出某种规律。你可以跟老师们开玩笑,让他们对你有好感。但对能为三万块钱以下的采购费直接签单的系主任们,你的表达必须平和、谨慎,不能让他们吃惊。他们几乎不搞数字人文的专业研究,你不能绕在软件里出不来,你也不能让聊天冷场,你得不露声色地寻找下一个话题。

你,毕业自名牌大学,在一家著名的杂志社工作了十四年,自己干了两年,现在,你准备好了去任何地方,接受任何拒绝。你没有很高的期待,拿下一家是一家。你不再想着穷尽全国三千所高校,你已经没有野心。更准确地说,你已经没多少力气了。你明白了人生有两种筋疲力尽。只有一种具备可重生性。写作带来的筋疲力尽就属于这种。它能拯救你。能将你拖离现场,拖到安全线以外的距离,去安全地凝视自己。

第四章　这样才是对的

上篇

我在老单位的办公室正对楼梯，在这幢小楼的顶层。靠墙放着第一任主编的肖像。几十年来他以自己的声望保护着杂志，几乎所有人对此怀有敬意。几年前有个中年编辑因为编辑语文教材声名鹊起试图离开，得到的警告是：离开杂志社，你谁都不是。

每天至少看一部长篇，有时是五六个中短篇。我非常喜欢在阅读中度过的时光。有时趴在办公桌前，有时躺在床上，有时喝着咖啡，有时听着音乐。我那时不知道，这工作就像一条厚厚的羽绒被，让我可以深陷其中，不再被真实生活烦扰。真实生活的疲惫不堪，我从未感受过。只有一、三、五需要去办公室坐着，十四年来，我所有的东西就在写字台右边的三只抽屉里。周五。下午五点。同事们三点多就开始陆陆续续地离开。这个傍晚我等着，等着我独自一人。我打开顶灯，开始腾空抽屉。一次写作奖，一次编辑奖。我把奖牌、名片全扔进了垃圾桶。清空电脑，擦干净桌子。一切都将被舍弃，重新开始。不再是一个受人尊重的女编辑，而是一个到处去求人的创业者。我把钥匙和辞职报告放在领导的电脑前，拉上办公室的门下了楼。园子静谧。门卫室亮着灯，人却不知去了哪儿。从这扇大铁门出去，那之后，再想进来，就会被拦下，告知要拜访的是哪一位。我认为我不会再回来了。

一位女朋友出手帮助了我，充当了我的投资人。她喜欢我的一本小说。那本小说让一个有性瘾的文学评论家经历了种种文艺女青年，试图探讨那些对精神有影响的因素，尽管非常隐晦，还是能将性与自由联系起来。她在我面前出现的时候激动，上气不接下气，那条大圆摆裙让她看起来像个早早发育成熟的女学生。这个在新疆长大的姑娘有种难以抑制的热情。她在我对面坐下，"长话短说，是这样的，我决定让我老板来投你，五百万，只要你十二点五的股份，这样你估值能到四千万，不错了"。

事情进展得出乎意料地顺利。从起草协议书到落实合同条款，打钱，工商变更，一切都在两个月内完成了。然后是找办公地，一个下午看了四套房子后，我迅速定下了一个 LOFT 户型的小院。整个团队搬了进去。一切像在梦里似的。那段日子，每天睁开眼睛，内心都充满了幸福感。假如那时我能看到一年后的未来，我就会知道，眼下的这份幸福感来得未免太早了点。因为从那时开始，不用一年，十个月，我就会开始焦头烂额。

那时还很意气风发的我把这些告诉之前合作的那位倒霉的老板，他看起来意志消沉，像个阴影般坐在我对面，闷闷不乐地看着我，"你对我的公司甩手不管了？"我摇摇头，"我没有义务。""那么，把你签进我公司的这几百份合同，再赎回你那儿吧？"

我一下子对他充满了厌恶。那一刻我看到了十几岁时的他：体弱、多病、一个沉闷的、平庸的孩子，却想操控别人。他只读到中专毕业。日后的简历上却写满了上海交通大学 EMBA 学位的介绍。

"我和我的团队，有半年的工资你都没给，是我垫付的。将近三十万吧。"

"那是不太好。不过，我现在都这样了，你还和我说这个？"

"赎出那些合同，你希望多少钱？"

他说：两百万。

他故意把声音压得低沉，好显得自己很平静，我却从中听出了一丝犹豫。

最终我把价格压到了十五万。

定下转让价后我们在咖啡馆继续坐了一会儿，十分钟？或者更久。他愁苦中隐含着谦卑，还有一丝愤怒的表情，压在我心上。但是，为什么是我？归根结底，他是自作自受，我跟他日后也不会再相遇，他的苦难，于我何干？

"我告诉父母我得把他们住了十几年的老房子卖了，我父亲过去是报社的总编辑，我只学了印刷。这几年他的身体也不太好。我还没想好，让他们住去哪儿。上周我就到上海了，找朋友借钱。有一个告诉我，他刚在市中心，原来的法租界，买了一套三居室。他说，兄弟，这回我帮不了你。我说不要紧。五百万，利滚利，已经快到六百万了。我只能这样对你。"

我不明白你想说什么？

没什么。谢谢你。

谢我什么？

谢你什么？谢谢你还是给了我十五万。我知道，公章在你手上，那些合同，你都已经提前终止，并且转移进了你新公司。你可以不给我一分钱，但你还是给了我十五万。

那你往后会怎么样呢？我问。

不知道。等等看吧。你可别像我啊。

他像是在同情我。我粗声、冷淡地和他说了再见。

两年后我告诉我的朋友，我已经完全理解了他。换作是我，也会瞒住自己的员工，直到船沉的最后一刻。

签署完投资协议后，我突发奇想，让律师顺便看了看之前签署的那份股权代持协议。把我称为他的白玫瑰的投资人，有天拿了两份协议让我签字。"今天下午，我就会给你的账户转入十万，给我百分之十股份，我会做你的特别顾问，我会为你找来各种各样的投资。"我打算仔细看看，他笑了，"这就是一份常规合同，我从网上下了个模板，没什么好看的。不管怎么说，我肯定为你好。"我签了字。

律师告诉我，协议里有几处对我不利。最严重的一处是，他可以在融资成功后，随时要求按股比变现。八五后，还有些结巴的年轻律师以一种专业的热情主导了一切。退还十万元。为了防止对方再次汇入，该银行卡销户。起诉要求撤销股权转让协议。过程持续一年零十个月。专攻股权纠纷的律师跟我说了很多故事，里面充满了欲望和贪婪。他时而当矛，时而当盾，从未对此感到厌倦。一审胜诉时是冬天，我们去了一间白酒鸡尾酒吧，在汾酒里放点金巴利、桂花酒、蔓越莓汁、苦精，喝起来一点儿也不觉得烧喉咙。我们一人喝了几杯。他不像那种会喝醉酒或者会失控的人。不如说正相反，总是一切尽在掌握中。他从福建来，已经搞定了一个九零后的上海小姑娘，"检察院的，我们打算明年结婚"，他说，"请人看了，说是会旺我。"

我开始全身心投入工作。做了六个类型文学公号，签了近千名作者。为了更快筛选出适合影视改编的网络文学，开发了情节提取软件。二〇一八年六月，上海电影节，光线传媒 CEO 王长田在论坛上发言，"我基本上可以肯定的是，在未来的一两年时间里说不定有几千家影视公司要倒闭"。八月，女明星因为偷税被捕，几乎所有影视公司的股价都开始大幅下跌，有些市值直接缩水三分之二。影视行业进入漫长的冷冻期，而这只是开始，最冷的时候还没有到来。两年间，这个行业的很多人经历了融资借款、抵押贷款、清仓股票、赎回投资基金、耗尽个人存款等一系列自毁程序，很快成为负债累累的穷人。

那段时间，我几乎靠看坏消息安慰自己。

我不愿意见 FA 给我安排的投资人，但又不得不见。从北方到南方，把电脑和洗漱用品装在一只朴素的双肩包里，飞机渐渐变成了高铁。影视公司的文策们不再请我吃饭。过去，光是为了听听作家们的八卦，他们就对我热情有加。饭局消失了。公司的收入微乎其微。在夜晚的火车上，坐在窗边的座位，裹进外套里蜷成一团，眼皮因为疲倦而合上，精神却清醒而冷漠。这一趟，又白费了。

偶尔我会感到恐惧，或者说是一种隐隐的忧惧，担心自己需要重新去找工作，被拒绝。一个中级编辑资格证已经过期两年的编辑想要试试新的杂志？把自己扔进一群九五后里？也许永远也找不到工作，没钱活下去。一天晚上我在一张酒店便签上用铅笔写下：为什么我当初会辞职？

终于有一个投资公司，让我进入了第三轮面试。这将是最后一次见面，由大老板决定，投，还是不投。我叫上了 CTO 一起。那天我状态不错。我们早早地到了约定地点，等着，紧绷着，我能感觉到心脏一跳一跳的，我把头发高高扎起，那样在我向决策的老板阐述 BP 的时候，就会有一种头悬梁似的尖锐，清醒。希望。就是这么一点希望，就能唤醒体内所有沉睡的能量，它们像灯泡里的钨丝一样被接通，放出白炽的光，让我通体发亮。

"你的公司很有价值，你的 CTO 很有价值。问题在于你之前那轮，估值过高了。对我来说，我得出更多的钱，却拿到少得多的股份，这不合理。"

"您有什么方案吗？"

秘书端来了盛在纸杯里的速溶咖啡。

"启动公司破产清算。让你的CTO把软件技术带走，做个新的公司，一样给你股份。这样就是从零开始。我们投那家公司。我可以投五百万，占百分之二十股份。你考虑一下。"

"我不能这么做……"

"为什么不呢？你应该聪明点。"他冲我眨眨眼。

"如果您是我之前那位投资人，您会希望有一天，我这么对您吗？"

这个和我几乎同龄的男人，盯着我看了好一会儿，仿佛想要看穿我。

"你今年几岁？"

我几岁？我是个看起来比实际年龄年轻的女人。我的个子适中，因为没有生育，还没有小肚子，我穿着小白鞋而不是高跟鞋，我的脚步轻盈有力，裙子在我小腿周围轻轻地旋转。

"我一九七八的。"

"你看，这就是我从来不投给七零八零后的原因。我只投给九零后。你们已经老得狠不下心了。"

"我们如今研发的软件，能在几秒钟内按章节提取出内容重点，未来我还希望它能自动概括生成思维导图，它会是提高学习效率和系统性的工具……"

他打断了我的话。"那不是我想要的。谢谢你们。"他说着站起身来，"感谢你们这么远跑一趟。顺便一提，你的CTO是把好剑，可得看他握在谁的手里。在你手上，有些可惜了。"

他仍然盯着我看，没有丝毫尴尬。不应抱任何期望。也不会有人试图了解你的梦想。投资人从来不会被创业者打败。人为刀俎我为鱼肉，他们都是厉害角色。事实上，我见过的投资人，绝大部分也是精力旺盛的。如果是写小说，我会写，他们的眼中偶尔闪过邪恶的光芒，事实上，我分辨不出来，他们就那样随意地说出种种伤人的话，似乎那是隶属于工作的一部分快感。这和我原先的工作太不一样了。

在我工作的最初几年，我一直摸索着，如何用一种委婉的不伤害人的方式告诉对方，他或者她，不适合写作。编辑部每天都能收到一大摞投递来的稿件。很难想象还有这么多人在写作。他们大部分做作、通俗、市井。但编辑是没理由让作者泄气的。让他们去写吧。

我在当天深夜回到上海。第二天上午在办公室开了一个简短的会议。告诉大家可以预见的困难。也许，我做这一切都是错的。如果只是从事版权交易，而不是去开发什么评估软件提取软件，原先的那笔钱，我们还能撑得更久。我说着，环顾着大家。这时，我看到了一棵树，一棵已经死去很久的幸福树。它就在我的座椅右边，打印机的右边。

办公室刚租下来不久，我就请来了看风水的大师。他拿着红色的罗盘，坚定地在房子四堵墙前盯视了一番，然后，为我展示了一个布置方案。我属马，天上火命，办公桌椅应该坐西朝东；在我背后的西墙上应该挂一个白色的圆钟；大门开在右边，所以明财位在左斜对角线45度的位置，财位适宜放大叶植物聚财，所以要放上一棵幸福树。那棵幸福树经过精心的挑选。它一度繁茂，很快顶到了 LOFT 的阁楼底部。于是我将它平移了几米，一直移到西南窗下。没有人注意过，它是怎么衰败下去的。保洁阿姨每天早上来一次，清理了它的大部分落叶。后来，就只剩下几根枝杈了。它的死，是不是验证了几个月以来，我所作的所有努力都毫无意义？没有了发财树就没有未来？

我和另一个同事一起，把这棵死去的大型盆栽拖进了院子。它矗在那里，被顶篷柔化过的光线照着它，圆柱形的树干死灰死灰的，没有一点绿色，像是一个故意的诅咒。你现在打算怎么办？我同事问我。马上买棵新的，放回老地方。她伸出手，似乎想拍拍我肩膀，但又缩了回去。我在淘宝上迅速下单，觉得这几百块钱花得很值得。我仍然不认为它会挽救我的小公司，但我还是试图寻找一个安慰。我到底相信什么？我不知道。

我还是锲而不舍地去见投资人，去见潜在的合作方。每天早晨离开家门之前，我都对着穿衣镜凝视良久，鼓励自己坚持下去。但我还是感觉自己被封进了一个圆圆的玻璃球里。球在别人手里。他们随意摇动，雪花般的彩色纸片就会纷纷扬扬，欢呼雀跃，像我时高时低的心情。然而玻璃球中间的小房子仍然静止。我就是那座小房子。

有一家 FA 仿佛对我已经失去兴趣，当我提议他们再给我介绍些投资机构时，他们联系了我的财务，把一万元服务费退回了我的公司账户。我晚上回到家和我丈夫喋喋不休（我已经尽量省去细节），他说，能不能别再谈你的工作了，我们的生活呢？

我们的生活。我曾经的构想是，等我们老了，我们就出去旅行，开一辆房车，去任何遥不可及的远方。他对着山脉、湖泊、森林拍照，我跟人聊天，写作。也许再要一只狗。我们总在路上，我们不会再分开。

那为什么现在不可以这样呢？我已经等了你很久很久。我丈夫转过身去，戴上了耳机。

大概就是从那天起，我决定要写这个小说。我写下的第一部分是这样的：

2017.11.14—2019.10.10。

我的创业史。我从一个不知疲倦、直来直去的女人，变成了一个整天只想睡觉，通过睡觉逃避一切的女人。我越来越喜欢我的床。躺上去我就能什么都不想。我不用再看手机。在我的睡眠里，没有人，没有好消息，也没有坏消息。我不想再醒来。我让自己成为灯光完全熄灭的黑暗空间。

也许我只是想找回点力气。

为了能找回点力气，我还试着让自己信仰过耶稣。房子抵押来的一百五十万快用光时，我七十多岁的干爸被查出肺癌晚期。肿瘤大小在五厘米，还是在两个肺叶的中间。医生说已失去手术治疗机会，身体情况也不能耐受化疗。他被送回自己家等死。两个月后他开始疼痛，七月底被送进了医院。急诊抢救病房住不进，待在楼道里也不是办法。最后托人找了家民办医院住进去，吊点消炎药打点止疼针，缓解一下痛苦。

我平均每周去看他一次。一开始他还清醒，听到门口有动静，就转过靠在枕头上的头，看见是我，会露出微笑。我握住他消瘦的手，问他感觉怎么样。他总说很好。但他的声音有气无力，没有精神。后来他逐渐认不出我。他总是合上眼睡着，睡得却很不安稳。右手握成拳头，翻来覆去地挥舞着。我的手伸过去，他的手指会紧紧抓住我的。他整个人都发青，但也许只是日光灯的缘故。他曾是我十几年的太极拳师父，还教过我心意六合拳。我轻轻握住他的拳头，把它安置在他身体一侧。有时他睁开眼睛，看向天花板，嘴里喃喃自语。我的干妈告诉我，他在说：他现在有许多光。去看他的人，他把光给他们；不去看他的人，他把诅咒给他们。有时他流泪，可他自己不知道。在睡中，他快死了。

我的干妈绝望无助，多年来她信仰耶稣，但他不信。"我告诉耶稣，他是他的，我把他的身体他的灵魂都交给他。我祈求他给他一晚的平安，我祈求他给这病房一晚的平安。"有一天我干爸突然清醒过来，他对着天花板大喊："耶稣啊我最怕你，我相信你是唯一的真神。"那之后他开始好转，喝粥喝汤，吃水果，还能吃下一整只白煮蛋。我的干妈细细向我描述这些。她是个工人，从来没翻开过《圣经》，只是跟着朋友每周日去一次教堂。她告诉我，什么话都可以跟耶稣说，只要在结束的时候加上"阿门"或者"哈利路亚"。望着一天比一天好起来的我干爸，我觉得她的话也许不无道理。

走出病房后我立即上网搜索祷告词，最终选定了这一段。

> 每一天都是新的，每一天都充满着恩典，主耶稣，我们感谢你！今天是周一，新的开始，重新得力！主耶稣，求你在接下来七天的时间里，每一天与我们同行，赐给我们全副的军装，为你打美好的仗。主耶稣，我们感谢你！愿这一周成为荣耀你的一周，得胜的一周，有意义的一周。奉主的名祈祷，阿门！

我在这段话中详细嵌入了我想要的：我想让我的小公司活下去，我希望耶稣能帮我找到投资人，我要挣到足够多的钱，从此再也不用工作……在回家的出租车上我反复念了很多遍，多到已经让我感到安慰，仿佛好运次日就要降临。事情并没有向着最好的可能发展。两周后，我干爸陷入了昏迷，他回光返照了一小段日子，最终还是快要死了。一口一口地向外吐气。我第一次明白，什么是"只有出的气，没有进的气"。清晨六点三十分，一切都结束了。人都会孑然一身，不声不响地消失。这样的时刻，一定会在某一天，降临到我头上。

我还可能有耶稣赐予的未来吗？

我仍然每周健身两次。几年前我被查出肺癌时，刚从九零后教练手上买了一万元的私教课，才上了一星期。出院一个月后我去找了他。简单的原地跳起我都无法呼吸。他带我做循环训练，教我打拳击，五分钟一组。大口喘气，能感觉到空气嘶嘶地进入我残缺的肺，想象它膨胀。创业最艰难的时候，他借给我十万块钱，没有借条，也没要利息。私教课继续上，但他没再让我签字。每周一、四的晚上，他会微信约定我第二天早上八点半准时到健身房。最糟糕的那几个月，其他日子我把自己锁在卧室里，但逢到那两天，我还是挣扎着起来。有几次，过了八点半，他在微信上一个劲地催我。好的，我说，我马上过来。我放下手机，穿上运动衣去见他。他不知道，练完一个小时回到家，我走进卧室，脱去衣服，上床，继续睡觉。但这种持续锻炼的状态就像有人一直在敲门，使劲按门铃，按个不停。我最终还是自己起来了，不再需要他催促。其他日子也是如此。虽然要花很长时间才能准备好出门。终于有一次，他让我在垫子上躺下做卷腹时，我像往常一样仰面朝天，把双臂放在两侧，肩膀和后脑勺贴着硬邦邦的地板，突然泪水就流了出来。感觉自己被打倒。要不哭很难。我躺着哭，坐起来哭，哭到自己害怕，怕自己再也无法昂首挺胸，振作起来。这么一怕，我如释重负，就像一个密闭的房间突然打开了一扇窗，清风扑面而来，我整个人放松下来。"呼吸。用你的腹部呼吸。尽量不要用嘴。"我照他说的做了。最终我从地上爬起来的时候，感到自己和以前有些不一样了，轻松了一些。两年里，那是我唯一一次大哭。

　　下次再去上课时，他给我听了好几段微信语音。他通过朋友介绍，找了个小有名气的占星师，花了六百块钱为我看了星盘。

　　……她喜土用火。今年四十一，四十出头就因为遇到海王星，特别迷茫。走的是大木运，感情运、人际运都比较旺盛。单说这两年的推运情况，目前月亮和海王星走对冲，合着太阳，事业上走得还蛮得力，因为调和天顶，今年夏天又开始调和土星和火星。火星代表人际关系，土星代表钱财。今年钱财方面的事情有点多。钱财是受月亮影响，今年上半年月亮冲了海王星，钱财不得力。海王星代表迷茫、凌乱，所以她会睡不好，人际上的变动也有点大，缺乏自信。下半年从八月开始，土星火星合在一起，会变得特别忙碌、投入。这个信号是比较正面的。月亮守护她的钱财。钱财方面事业方面都是调和着向上走的。从今年下半年到明年，看起来蛮不错。但很多事情需要时间逐步稳定下来。有压力很努力。明年下半年，月亮会过大木星，月亮就是财星，木星会放大，所以她会挣得很多……

前途一片光明，但眼下我还是得紧缩开支。尽管有了新的幸福树，我们还是从那座小院里搬了出来。一万四的月租金有些过于昂贵了。有一次我要去作协办事，快车司机没按我说的路线开，而是跟了内置导航走，结果猝不及防，车子经过了我原来租的小院，这不在我的计划里。透过车窗我凝视着它，没法无动于衷地把目光转开。其实它离新办公室不算远，骑车只要十五分钟，但我一直没再来过。每回去作协，我都绕道而行。重新来到这儿，是偶然还是必然呢？我提前下了车，走到院门边，轻轻推开。以前我们常坐着开会、吃午饭的那些庭院木椅仍在原地。屋子里有人。可那不再与我有关。只过去了两个月，但感觉久远得多。

现在想来，那时我和我的同事们，真像是在玩过家家。账上躺着五百万，我们随随便便花钱，把屋子里的一切布置得和谐舒适：可以躺下一个人的长沙发，摆得下茶几的坐榻，白色的吧台桌椅，漂亮的果盘茶杯，各种茶叶，胶囊咖啡机，吃不完的零食饮料下午茶。保洁阿姨每天早上来，把一切收拾得清清爽爽。墙上还挂了几幅朋友送来的字画。书架上全是最新出版的小说。我对这一切曾如此在意。为的是让这地方看起来像个想象中的创业公司。那时我根本不知道需要做成本费用测算。就一年，我们花光了钱。

我们搬去的另一个街区，也在法租界。一九四七年建造的公寓式花园里弄。搬家搞得我们狼狈不堪。本打算沿墙摆开的宜家长沙发进不了屋。先把沙发底布拆开，把扶手跟坐框之间的连接螺杆拧开，再从底部拧开螺丝，拔出靠背上面一截。在屋里再次安装花了漫长几倍的时间。除了我，所有人蹲着身子围着沙发。剩下的反复尝试不值一提。每次我朝他们探过身去，他们中就有一个微笑着举起手里的十字螺丝刀朝我挥一挥。会慢慢好起来的。他们说。

这句话的出处来自那位会看风水，会推全命的大师。几乎在每个小视频里，他都会对不同的人说：你阴历某月，你下半年，你明年年初……会慢慢好起来的。我靠着墙壁看着我的同事们。也许因为有他们，真的会慢慢好起来。如果只有我一个，这张长沙发就会像是一列脱了轨的列车，朝我直冲过来，把我撞飞。

橘黄色的沙发在灯光的映照之下散发着柔和的光。这间一室户的屋子很实在，四四方方，所有人都围绕中央的四张桌子办公。地上铺着地板。六千元一个月的屋子坐南朝北，虽然没有阳光，屋外茂密的绿化还算让人愉悦。有无花果树，也有桂花树，还有白玉兰树。立在阴影中的我们的小办公室。因为照明不够充足，放在书架顶上的绿叶植物一盆接一盆枯萎。幸福树被塞进靠窗的角落里，因为就在空调下面，它的叶子又开始泛黄、掉落。再没有作家朋友来拜访。

浦西最繁华的两条马路，淮海路、南京路离这都不远，但我很久没有逛过街了。连书店也很少去。好像除了上班下班，再无其他。已经很久没有给自己买新衣服了。八月，秋天的新衣服已经上架。女友约我。这时买夏天的裙子最合算了，还能穿几个月。一条新裙子，与我投进公司的几百万元相比，并不为过吧。但我没理由犒劳自己。

　　最后，终于，农历七月来了。然后是农历八月。我确实慢慢好起来了。不再瞌睡，不再需要意志去振作。虽然暂时还没得到什么合作项目。为此我接了几本传记的活。每天早晨十点到办公室，换上拖鞋，坐到电脑前开始打字。过一个小时去外面的厨房倒杯水喝。然后在门口走一走，又回到我的办公桌前。大部分时候，屋子里充满了幽暗而完全的沉寂。键盘嗒嗒，没人说话。我们开发的两款软件已经被整合进了一个网站，界面漂亮，茫然的日子过去了就像夏天会结束。九月，大学重新开学。而我在一所所学校里穿行，介绍。在我面前坐着的至少都是硕士生，我一口气讲完，然后喝下整整一杯水。演示的效果很好，尤其是有"数字人文中心"的学校，大家都表示很高兴能有机会试用。帮助学生写论文的想法非常实在，让老师们看到了新成果的可能性。整个演示过程中，我对那几个能拍板签字的老师尤其尊敬，对着他们微笑了一次又一次。我开始留长发，这样我就能在等待他们决策的过程中玩一玩头发。我把它们拢起来，或者把它们捋到一侧肩头。我又开始穿起有跟的鞋子，到膝盖的裙子。嘴唇上还涂起了口红。一回到家我就换上舒服的运动衫，卸掉脸上的妆。我丈夫站在卫生间门口，静静地看着我。有时他会抛下这样一句：你白天见的那些人都比我幸运。或者是：为什么我只能看到你这个样子？有了第一张订单。成功为时尚早。时光的来去既快又慢。每一天都是煎熬。我等着天凉下来。那样，我就撑过了第二年。

下篇

十年之后，再回过头来看这些，关乎命运的某些时刻，会不会更清晰？你想离开。离开这些事，离开这群人。去和你丈夫生活的法国乡村会怎样？从巴黎开车到他家只要两小时，一路经过田野、树木。那里有新鲜的空气。对你的肺好，他已经提过好几次。他父母的小房子比你们在上海租的公寓房舒适得多。他们住在底楼，你们住在二楼，房间不大，采光很好，窗户朝着湖水，看得到蔚蓝的天空和湖里的野鸭。

或者你苦读一番，继续之前中断的博士生涯。你那时错误地选择了古代哲学，几年过去博士论文依旧没有头绪。换个学科，比如数字人文文学研究方法论，你可能就手到擒来了。你显然欠缺搞定销售合同的能力，和电脑面对面的生活方式可能更适合你。只要不上班打卡就行。如果命中注定你不可能发财，为何不安安稳稳把日子过下去？你跟朋友聊到夜里，他告诉你问题所在：你活在别人的凝视之中。

比如你的母亲。你们用的两台苹果手机共用一个ID。所以你都不需要开口，她通过每天工作上的截图就知道你都干了些什么。过去你每天跟她打电话聊天，每个月固定给她好几千块钱。这两年她是怎么熬下来的呢？她越来越容易生病，可你不在。再过两年，妈妈。你中气十足心里却没底。她已经没有机会再碰到什么人对她好了，除了你。当她把拒绝造肉手术这个消息告诉你时，你简直要呼吸不上来。"就是在肚子上打个洞插导尿管，不行了就再打一个洞。这样一个手术要两万块钱。"

"医生怎么说？"

"说是会得膀胱癌，九炎必癌。我问医生，得了癌后治得好吗？她说放心，能治好。我说，那就等得了再说。她说那你出院吧。"

她哥哥的儿子女儿，她哥哥的孙女外孙女，读书都不如你。"复旦可不是随便什么学校。"她拿他们跟你比。他们没进过重点中学，进的都是民办大学。你在电话里打断她，他们现在有的在税务局，有的在银行，都混得不错。"可你文章写得好，只是靠写作生活太难。"在医院里陪护你的时候，她还和你的钟点工阿姨结下了梁子。

"我告诉她，你希望和我一块儿住。她说，那好像不太现实……"她为这句话生了一年多气。

从林杨回来后，有一次你在电话里对她感慨："我的女朋友，离个婚就能有几千万，为什么我挣钱就这么难？"她冷静地告诉你："经济不景气，谁挣钱都难。"她反问你："我以为你已经放下了？"

工作之余，你开始着手写这本小说。你的两个好朋友不约而同地劝说你，别再想着回去当编辑，给别人做嫁衣的事了。"你已经年纪不小了，这个阶段不写，恐怕就写不出来了。"你接受了这个提议。你也终于想起来，为什么自己曾经选择写作。在朋友们的帮助下，你重新找回了自己道路的方向。刚刚制订好写作计划，就有人来向你约稿。一想到自己可以重新成为作家，你长出了一口气。眼下还有一个明显的好处：所有文学杂志的稿费都得到了大幅提升。千字千元。即使不得不从头再来，你还是可以通过写作生活下去。一个月写一个一两万字的短篇对你来说不是什么难事。你可以重新在家等你的丈夫下班，看所有你想看的书，你会重新找回你的那些作家朋友们。

从九月到十月，连着的中秋、国庆小长假，让很多你要见的人离开了他们的办公室。不是回了老家，就是去了国外。没有 PPT 要改，没有会要开，没有客户要见。你可以专注地写这本书。至少在这段时间里，你可以重新获得一种掌控权。你重新布置了书房，把写字桌搬到了窗边。你只需要新建一个空白文档，并为它命名。

你焦躁地发现，你一个字都写不出来。这么说不太准确，有些过于夸张了。最糟糕的情况，你还是能在枯坐一整天后，打下那么几行字。但在第二天重新读过几遍后，你又只能满怀歉意地把它们统统删去。你的写作生涯是要画上句号了吗？你唯一远离创业梦魇，重新拥有自由生活的可能性就要被打碎了吗？

无力感再次紧紧抓住了你。

你的丈夫回了法国。你一个人在家。你辞退了钟点工阿姨。你几乎离不开床。任何时候，只要往床上一躺，你就能很快睡着。再次醒来，往往已经是几个小时以后。只有床让你觉得安全。你不再设定闹钟。因为就算设了，你还是会删除它，继续睡觉。你一天只吃一顿午饭。就算你起来，坐在了电脑前，你也只是一粒接一粒地嗑着瓜子，看着这个打开的、几乎空白的文档。而睡觉本身、时间流逝本身，又带给你巨大的内疚感。在这种内疚感的折磨下，你索性拉上了窗帘。一层不够，那就两层。

你基本不出门。一切都可以靠外卖。你不联系你的朋友，谁也不想见。朋友请你见见他新交的女友，你拒绝了。有一位甚至到了你家附近，邀请你一起去做个按摩放松放松，你还是说不。你把手机设置成了静音模式，这样就不会第一时间被铃声惊扰到。可你的母亲不屈不挠，你不接电话，她就一直打，隔几分钟打一个。你午睡醒来，接起了一个。她很惊讶。"你还在睡觉吗？你昨晚几点睡的？"你顺水推舟，"我从昨晚一直写到今天早上……"她不再对你啰唆什么，迅速挂了电话。

渐渐地，再也没人来主动约你了。这种关在家里的日子像是你对自己无能的保护。但有些日子，你还是得出门。那些曾经善意帮助过你的老师，你得在节假日分头请他们吃饭。你洗澡、护肤、换衣服、化妆。每个动作都很累人，你慢慢吞吞，凭着惯性做这些事。一两个小时。都在蚕食你宝贵的时间。为了避免冷场，你主动向他们提问，就像一个好学生。整整两三个小时，你拼命睁大眼睛盯着他或她看，假装全神贯注，掩饰你想打哈欠的冲动。

长假期间，你的干妈打电话让你去她家住几天。当时你答应了，挂完电话你就后悔了。约定动身的那天早上，你编了个头疼想吐的理由发送过去。你都没勇气在电话里对她撒谎。发完消息你就反扣了手机。几个小时后你再拿起来看，发现对方只回答了一个字：好。你惊讶她竟然一点也没坚持。

你本以为，在经历了那么多内心折磨之后，你已经储存了大量宝贵的素材，只需要挑选一下，字斟句酌，就能出来一部不错的小说。可你就是写不出来。你第一次反思了这件事。十几年前，你只用不到一百万元就买下了市中心一间三十五平方米的老公房，现在它的售价翻了三倍。每个月租客的租金就足以还掉你抵押贷款的利息。为什么不感谢自己的好运气呢？你什么都没做，只是在一个还算合适的时间选择了一个可以升值的地段。如果没有这次的投资，支撑你去赌一把的勇气又从何而来呢？而这个城市有大把一无所有的年轻人，他们仍然快活地活着，并不为明天担心。

这整本书，是不是太小题大作了？你想到了你的年轻同事们，减薪之后，你只付给他们一个月六七千块钱的薪水，他们中的绝大部分在这个城市没有家，他们和别人合租一套房子，共用一个卫生间。为了省钱，午饭常常自己在家做好了带来。你想过他们没有？他们也需要钱。你并不是沉船上唯一的乘客。在你周围，生活在继续。在你找出各种借口不去办公室的时候，他们仍然准时十点出现在电脑后，忙忙碌碌，把那间小工作室整理得干干净净，垃圾从不过夜。好几次，你拜访完客户，身心俱疲，一回到工作室，你整个人就轻松了。你可以随便躺的沙发，你的书，你的电脑，你的办公桌，你的团队，你的事业。你在自己的地盘上。你不是一个人。你用不着伪装出好心情。但你知道，打开冰箱门，会有牛奶、水果、零食等着你。不是你买的。他们应该是喜欢你的。而你对不起他们。你一直知道。

你母亲曾经告诉过你，她读初中时就立下了当作家的梦想。那时她在市八女中念书，周六下午的校会上，校长表扬了高中部的一个女生。一个小儿麻痹症患者，走路时迈不开步子，像夹着东西似的，而且，膝盖还弯曲着。她把自己的经历写成文章，残弱的躯体如何坚韧地抗争，发表在了报纸上。不久，报纸被贴进了学校表彰宣传栏。你母亲没有记住她文章里的任何一句话。她记住了那篇文章不菲的稿费。"两块多。那时一个月的人均生活费是六块。"领养了你之后，她梦想这个女儿能成为挣钱的作家（她认为稿费多少跟是否伟大无关）。她逼你背词典，小时候你常常为了一点小事就情绪低落，别的大人认为这是玻璃心，得治。她却暗自窃喜：艺术家不都是极度敏感的吗？她带你看所有她知道的展览，从菊花展到诗画展。她带你听戏曲。她给你讲她想象出来的九重天妖魔鬼怪。

你小学时常常因为扁桃体发炎而在家卧床休息。她会为你买来肉松、咸蛋、山楂片、果丹皮。她总有办法弄来你没看过的连环画。她就躺在你旁边，她看她的书，你看你的书。你们有一搭没一搭地说说话。直到你睡去她才会离开。夜里她和你一起睡在阁楼上。在你和她丈夫之间，她永远选择你。你小学五年级时，他们分开了。

你让她失望了。

你既不能容忍自己什么也不做，又确确实实地什么都不想做。有时候你会刷刷朋友圈，看到这个那个又出了新书，你对自己的才华不再那么确定了。你焦虑。

在你打电话告诉她你的困境后，她竟然建议你，也许你该去试试坐坐牢？"你需要体力劳动。身体不吃苦，思想就会吃苦。"你们还探讨了身体和思想，究竟哪个会更痛苦。你同意了她的说法。你打开窗子透气，花了几小时把屋子收拾得一尘不染，还洗了个澡。你平静地打开"电脑管家"体检，清理掉里面的垃圾文件。想起她对你说的，"囚犯也有权利散散步"，你拎上垃圾出了门。这些天，断断续续，你在很多张便签纸上写下了你的灵感，它们东一张西一张散放在写字桌上。你收集起它们，把它们扔进了干垃圾桶。你走在街上，华灯初上，凉风徐来，你确实好多了。

既然开始了，就只能往下写。没别的办法。

你不应该畏惧空白。

第五章　单行线，都没法掉头

上篇

写作时有个好处，那就是回忆将被完全打开。

囡囡！阿囡！曹娅男！那是我母亲在喊我，直到今天，我也能如此清晰地听见她的声音。她总在喊我。我只好从肇家浜路的林荫道中跑出来，我跑过那里的石头小路，跑到大马路上，跑过纺织厂的后门，就能看到邻居家的屋子了。她就站在三岔口的路边，戴着自己做的袖套，手里拿着一只锅或者一只盆，在等着我回家。回家了我就不能再挣钱。我用她给我做的沙包、鸡毛毽子、铁环挣钱。想玩的孩子，需要每人交给我一分钱。每天都能挣到钱。十分钱可以买一卷山楂卷，一根果丹皮，或者一根盐水棒冰。

我母亲只知道我偶尔会这么干，她警惕地翻我的书包，我的口袋，有时一套新收藏的水印贴纸或者火花暴露了一切。我那时总在思考挣钱的方法。她也是。她去华亭路服装市场领加工活。那是她独力抚养我的第二年。缝花边，锁钮眼，钉纽扣，缲边。夏天她踩缝纫机时我就温柔地帮她扇扇子。妈妈你歇一会儿吧。她头也不抬。我母亲很能干，会裁剪，会做衣服，会熨烫。她把来料加工的活儿叠得整整齐齐，堆放在烫衣板上。她给我做的七彩百褶裙有完美的褶子。我就穿着她给我做的裙子去家附近的几家食品商店转悠。我用三分钱五分钱买来稍有残损的断棒冰，再把它们七分钱八分钱卖出去。我在攒钱，打算买一套《红楼梦》的连环画。那个日子就这样突如其来，从天而降。

那是个有大太阳的日子，太阳照得马路发白。我不知道这将是一个特别的日子。没有一点儿征兆。我用我的方式兜售断棒冰，把黄色的一分一分纸币压进语文课本里。我穿过林荫道，向我住的小房子走去。门虚掩着，我把书包藏在身后。缝纫机上堆着的布料似乎原封未动，跟我早晨出门时一样。我母亲安静地坐在饭桌旁，看着我。出了什么事。或者，将有事发生。我想上楼。我母亲拦住了我。她慢慢站起身，用力拽过我的书包。我站在那儿不动。呼吸开始加快。吸进，呼出。吸进，呼出。有点喘不过气。她发现了书里的钱。她抬起头，一种意外的茫然表情从她脸上掠过。那表情里有困惑，困惑变成愤怒。那表情我过去从未在我母亲身上见过。

"别的小孩家长来告状，我才知道，小小年纪，你就知道投机倒把了。"她直愣愣地盯着我看，"你不是我女儿。你就是他们的种。我再怎么教你，你还是他们的种。"

那个夏天，栀子花依旧绽放，花香从窗子里飘进来。我母亲告诉我她隐瞒多年的事。我站在那里，僵住了。我是孤儿吗，我不是。我的亲生父母还好好活着，他们只是不要我了。我是与众不同的。班里没人像我这样吧，我想，那很有意思，我得告诉他们。那年我十岁。当时我还没意识到，我亲生父母的命运会影响我一生，无论我走到哪里，好好地考上博士，还是从事业单位辞职，都摆脱不了，都怀揣着他们注定失败的命运。它无处不在。

我去过那处乡下。我跟我母亲一起坐的长途车。她说是我们的远房亲戚。我想回忆一些细节，却只记得，我把额头贴在车窗上，车开动后玻璃就一直微微地震动，嘚嘚嘚嘚，嘚嘚嘚嘚，震得我大脑空白一片。

我母亲连哭带骂，我一声未吭。我就这么站着。我听到我母亲大喊："不许再做这种小买卖！这辈子你都不要去做生意！"然后她安静下来，忧虑地看着我，"不要碰这些。"她重复道。她打开门，在外面水斗那儿洗了把脸。我跟在她身后来到门外。阳光比上午更炫目，更白晃晃。我站了一会儿，又回到屋里。再没别处可去。我母亲重新在缝纫机前坐下，我就坐在她身旁做作业，一切都很正常，她一行行地踩着线，每结束一行就停顿一下，把布料换一个方向。

很多很多个日子我就和她这么在屋子里，我从来不问。关于我的亲生父母，我知道什么呢？几乎什么都不知道。

时光流逝，我变了，我自己能感觉到。我不再想着钱的事。在学校里拿了珠心算第一名这件事，我也没告诉我母亲。那时她做衣服做成了那一片第一个万元户，白天夜里，她都驼着背坐在缝纫机前。回家时看到她我就感到心安。每年我过生日的那一天，我会站在阁楼上朝外看，我家的阁楼在小路交汇的中心，通向四个方向，哪个方向有陌生人来，我都能轻易地从窗口看见他们。我母亲告诉我，纸上写着的我生日那天，就是他们遗弃我的日子。如果他们出现，我会躲在窗帘背后。我不会下楼。

他们在夏天出现。暑假，我坐在丝瓜架下看书。他们一出现我就知道，他们为我而来。一共来了三个人。我的亲生父亲母亲，我的亲弟弟。我本可以拿起书回家去，或者往大路上走，往别处去，但我没动。我母亲走了出来。他们叫她大表姑。他们继续假装是我们的远房亲戚。我母亲站在我们中间，笑得有些尴尬。他们递给她好几袋东西。最大的一袋装着苹果。第二大的装着麦乳精，最小的一袋里面是巧克力和大白兔奶糖。每一袋都装得鼓鼓囊囊。我母亲接过去，把它们放在饭桌上。怎么了，我母亲问。没什么，送货顺道经过上海。我亲生父亲说。他转过身去，指了指身后的一辆蓝色卡车，你要不要跟我们回去玩几天？我看向我母亲。你的暑假作业做得完吗？她问我。我点点头。你想去吗？她又问。我看着他们仨，他们站在丝瓜架前，他们等着。他们知道我是他们的亲生女儿，但不知道我母亲已经告诉我这一点。我看了看那辆卡车，有一扇车门开着。来的时候，他们一家三口坐在驾驶室。我弟弟已经不耐烦，他蹲下来对着地上的蚂蚁吐口水。我要坐驾驶室，我说。我以为会有一个人坐到后面车厢里去，但我亲生母亲抱起了我亲弟弟，坐得下，她说，他坐我腿上。我上了车。我坐在中间。我母亲走到车子一侧，递给我一瓶风油精。要是路上晕车，就倒点儿擦在太阳穴上。走吧，大表姑你进去吧。我亲生父亲说。我母亲看起来局促不安。妈你进去吧。我说。那你要记得回来。她替我们关上右边车门，我亲生父亲上了车，发动引擎。

清朝光绪年间的《江苏全省舆图》上有这样的记载：盐城县东北有"南洋"。我父母所在的南洋岸镇，就在今天盐城市东北二十五里。要坐5路公共汽车才能到盐城市。在镇上，我父母家的房子第二大，他们前面那座更大的房子是南洋国土所所长家的。这两座房子整齐地排列在镇中心一条马路的同一侧，商店、学校都在那边上。

住进那幢大房子后，我格外想念我上海的小房子。大房子周围没有树，没有花，看起来灰扑扑的。小房子周围全是树，全是花。我母亲在门前的空地上种了无花果树，栀子树。还有很多花，太阳花、凤仙花、地雷花、人参花……我一个人在门前玩的时候，陪伴我的就是这些树这些花。木生火，这小小的花园点旺了我这个天上火命的人。

你怎么那么矮，那么瘦？我的亲生母亲让我喊她表舅妈。她带我去浴室，给我拿来新衣服，她在我面前蹲下身子问我：你妈妈会打你吗？我不想回答她的问题。后来她换了问题：你冷不冷？你热不热？你饿不饿？她会自己小声嘟哝：你可不能生病，或者，你可不能感冒。

我的亲生父亲似乎害怕单独和我相处，更多时候，他在楼下车间，和工人们在一起。有时他对他们大喊大叫。我的大姐姐在盐城市的缫丝厂工作，周末的时候她带来市里买来的漂亮裙子，再卖给镇上她的好朋友们。多年以后她在市里的汽车站边上开了一家饭店，据说一个月的净利润有三十几万。我的二姐姐认为自己是诗人，她有一本小小的工作手册，用蓝色的钢笔抄写了她喜欢的诗歌。

　　比我年长的这三个女性，她们都患有偏头痛的毛病，我看到过我的亲生母亲用毛巾扎紧脑袋，在床上躺着。我的大姐姐经常往嘴里倒去痛粉。我的二姐姐病恹恹地撑着头坐着。去痛粉带着一股酸酸的气味，它在我周围弥漫开来。十四岁后，我也开始经常头痛。

　　我的小弟弟比我小四岁，他和我形影不离，我们在镇上闲逛，无所事事。发现我有讲故事的天赋后，我弟弟招来了一批比他更小的孩子，他们每天下午来听我讲半小时的"九重天"，我弟弟负责搜刮他们口袋里的纸币，我们一人一半。我坐在沙发上，他们坐在地板上，只要我讲到妖怪被活活打死，又上了一重天，他们便会拍手，当然，他们大概没人看过《西游记》。

　　回到上海后，我母亲问过我几次。

"怎么样，在那里过得？"

"很好。"

几次之后她有些生气，"很好？很好是什么意思？他们带你去哪吃了玩了？"

把我送回上海之前，我的大姐姐带我去镇上的商店选购新裙子。精心打扮后出现在我母亲面前的我，穿着白裙子，头发用白色的缎带紧紧地扎起，再加上一双白凉鞋。"他们是希望我死掉吗？"我母亲气愤地说。

在我濒临失败的此时此刻，我回想起那个明亮的暑假。我弟弟问我二姐借了一辆前面没有横档的女式自行车。在家旁边的中学操场上，他和二姐夫教会我骑自行车。他站在边上大呼小叫，二姐夫把着车尾跟着我绕圈。我缓缓地骑着，歪歪扭扭。到头来，我攒下的几十块钱说书费成了学费进了我弟弟口袋，我两手空空回到上海。

基因的强大，这才是我要说的重点。但他有我没有的东西。

这个每一分钱都想挣到的小男孩，二十年后不声不响地出现在我母亲家的客厅里，他大胆地直视我母亲，建议她把房子卖掉，二十万交给他，跟他住去乡下，他为她养老送终。剩下的钱，他和我一人一半平分。她是你女儿，她是我姐姐，我就是你儿子。

那是我最后一次看到他。

整整三年，我的母亲没再理我。她不相信我不知道这个计划。

我的学习成绩一直都不错，高考填志愿，我也谨慎地避开了经济学、金融学、国际贸易学、统计学专业。一直到我三十九岁，我做什么都顺心顺意，顺风顺水。然而，四十岁前，有什么推着我，开始了新的生活。

直到我从作协辞职，我才从我母亲的抱怨里拼凑出了他们的故事。我辞职那几个月都没敢回她家，她生日时我不得不回去，她看上去突然衰老了，当着我丈夫的面说我翅膀硬了，不听她话不会有好果子吃。我没有撒谎，也没有解释。我只是看着她的脸，奇怪她怎么就知道了一切。我们就这么对视着。她后来叹了一口气，用一个替我拿来饮料的手势表明：她放弃了。

我真正的父母亲。我亲生父亲是个高中生，做过大队会计。我亲生母亲是个农民。他们在遥远的农村，把一担担薄荷草放进大锅里水煮，冷凝，几小时后蒸馏液上层就可以收集到薄荷油。一担是一百斤，一百五十担薄荷草能出一斤油。他们把这油卖得比黄金还贵，跟蛇毒一个价。他们因为投机倒把罪被关进了牢里。我母亲领养了他们的第三个女儿。

1996年的夏天，要出门去考场前，我母亲突然喊："等一等。"她爬上阁楼，又爬下来，手里多了一个玻璃小瓶，瓶子里是金黄色的液体。她倒了几滴在一块手绢上，把它折好递给我。

坐在考场里，一年之中最热的七月，简直热得难以忍受。天空明亮得令人困倦。我把手绢展开，盖在脑袋上。陡然的一凉。我亲生父母的脸，我想不起来了，但我对每道题都那么有把握。最终，我考上了复旦大学。我是否应该感谢他们。

他们后来又做过废旧塑料回收，开过塑料粒子加工厂。他们变得很有钱。父亲有了情人，情人偷走了他的公章，还偷走了他的一本空白支票本，他的财运于是到此为止。再后来，粒子加工厂连续出了两桩事故，一个工人没了胳膊，另一个没了命。他们赔了几十万。

我亲生母亲后来患上胃癌，胃被切掉四分之三后活了两年，最终在一月的一天凌晨去世。我知道这件事，因为在她去世前一天晚上，我的小弟弟找到了我。他在我手机里大声喊，让我赶到南京总医院去。我开了免提，让它远离我。我不想跟他们在一起。他给我打电话时已经是晚上九点多。我吃完一个苹果后上床睡觉。我没告诉他，我自己出院也才两周。等我再起床时，我亲生母亲已经不在了。睡觉，起床。再睡觉，再起床。我没有安葬她，也没有悼念过她。我只是潜入了水里，把他们和我隔绝开来。我期待弗洛伊德告诉我，这种逃避，要如何解释才好？我一次都没梦到过她。

"他们就是爱折腾，你也一样。"

我有点生气。但又不是真生气。应该说，我有点茫然。

"我会好好干的，"我对她说，"我和他们不一样。"

到头来，我把自己的小房子抵押了出去。他们好像是我命运的一部分，一直和我待在一起。延续的失败。为什么不能像大部分商业电影一样，有个皆大欢喜的结局呢？直到今天，他们仍会以某种形式，藏在我头脑的某个角落里，在某些情况下陡然浮现，比如我去求人办银行抵押贷款，我去借钱时。但我其实不了解他们。他们在我生命中留下的是我母亲担心的经商上的坏运气。

至于我母亲，她病病歪歪地过了这么些年，七十岁就开始挂起了尿袋。即使每天都喝两千毫升以上的水，还是出现了尿路感染，常常发烧。我的小弟弟打过主意的这套房子，是在我们俩名下。就在南站边上，有两个小房间和一个大客厅。经过一番布置，看起来要比实际的八十平方米大一些。书架上摆满了我看过的书，大多是些小说。阳台的窗边放着一张大大的扶手椅，窗台上摆放着许多绿植，它们伸出的绿色藤蔓，缠在了窗框上。第二任养父去世后，我陪她在这套房子里住过几天。她希望我像小时候一样睡在她身旁，可我不想。我待在另一个小房间里看书，就在她隔壁。夜里她去上厕所时会在我门前站一会儿。她没有转动过门把手。但我会放下手里的书，侧耳倾听她的安静。一两分钟后，脚步声会再次响起。

这几年，我母亲越来越瘦，她穿我读书时代的旧衣裤，过着独居的生活。早餐喝一碗粥，午餐吃蒸煮过的玉米、南瓜或者芋头，晚餐吃些炒蔬菜。几乎不放什么调味料。我从来不吃她做的东西。每个房间的每个窗户都开了二指宽，她害怕煤气泄露。她不用空调，夏天气温超过三十五度，她会开一会儿电扇。夏天时去看她，人就会在窗外的蝉鸣声中一点一点黏糊起来，真是难耐。

我们之间有一项协议。只要她还活着，任何情况下，我都不能卖掉这套房子。如果我没了住的地方，她欢迎我一个人搬回去。我知道她担心我，担心我人过四十却还两手空空，住在租来的小房子里。她一直希望能和我一起住。住在底楼，最好还有一个郁郁葱葱的花园。我一个月回去看她一次。她站在窗边，看着我在路边等车。

我看着窗后轮廓模糊的她，心事重重但并不说什么。她不跟我讲任何大道理，她说，我唯一的心愿就是你身体健康。她说，只要你还能写，你就饿不死。她还说，做你想做的事吧，只要别把自己弄进牢里。

我想念杂志社，想念那些初出茅庐的作者，想念早上起床晚上睡下没有一点心事的那十几年。那时候可比这会儿轻松多了。

到底什么才算是我想做的事情呢？

九月，我丈夫回了法国，他的父亲得了肝腹水，母亲预约了老花眼手术。他将在那里待上五周。我辞退了钟点工，不想被任何人打扰。中秋节、国庆节，假期中有好几天，我不和任何人说任何话。我打算写完这部小说。

很快，母亲就会老到生活不能自理了，到了那时，如果我还没摆脱现在的处境，我该怎么应对呢？

这个问题，不知不觉，开始困扰起我了。

下篇

你再次和你的朋友们见面，其中一位，刚刚开始创意写作的硕士学习，你认识他时他才十八岁，拿了一项全国写作比赛的总冠军。你们在饭后长时间地散步，穿过一所大学校园。你们已经一年没见了。在这一年里，你在努力维持你的小公司。他在皖南的一座山里，为自己的写作建造一所小房子。你看过他朋友圈里的一些照片，他爱上的应该是门前的小山，山上遍地是树，那些长得奇形怪状、叫不出名字的树。他说那是他父母的老家，一到那儿，他就强烈地感到了一种亲切感。他曾在上海、北京生活过很多年，但他知道，他的地方，就在那儿。内心深处，他渴望一种山里的寂静。那座山满足了他的要求。不出名，所以没什么游客前去打扰。地形舒缓，便于他午后的散步。树丛间有各种声音，夏天的时候格外动听。

你告诉他这一年你所有的精神困境，他告诉你，他也曾经历过那种窒息的感觉。自然而然，你们聊到了物质方面的问题。和你正相反，一年前，他接了几个拍摄广告片的活儿，迅速有了几十万。但他一描述给你听，你就明白了。

首先是身体出了状况。感觉特别疲惫。这可能和之前工作的时候太拼命有关。他睡了一星期，情况没有好转。觉得焦躁，觉得烦闷。那就喝一杯吧？一杯接着一杯，第二天又开始头痛。那段日子，他第一次想弄明白，自己是什么样的人，想成为什么样的人。他想做能体现自身价值的事。但他不想麻烦别人，不想从别人那里知道答案。他给自己筑起了高墙，内心世界完全对外封闭。他想在一个不会再变化的空间里丈量出自己。他封闭的一天是这样度过的：日日夜夜都待在租金近一万的漂亮大房子里，和一只猫待在一起。看书，听音乐，坐在那儿写点什么，看几部电影，或者在阳台上站一会儿，望一下小区中心的喷泉。小区有两条小路，他会抽一根烟，数一数下面来来往往走过的人。也有为数不多的几个夜晚，他关灯出门，在小区里绕上几圈。这时候，他总会站定，转过身去，抬头望向自己住的那一层，黑暗里，它几乎是隐灭的，只有灰蒙蒙一块轮廓。

作为一个外省青年，他一直都很勤奋，十八岁就从复旦大学毕了业。但那几个月，他没写出什么东西来。他不知道自己的感觉去了哪儿，他担心自己其实压根就不会写。上一次写完一篇完整的小说是什么时候呢？他担心自己没法再进步，没法再完成一部好作品。对于写作，他是很虔诚的。以往你和他见面，他总是手里拿着一本书，一边看一边等着你。

"那段日子，说起来，就是很多东西不见了。"想讲话的热情消失了，想研究什么东西的念头消失了，甚至好好吃顿饭的想法都消失了。活力似乎被什么东西抽走了。做事要有目标。这是他一贯以来的想法。然而，目标消失了。当时他找你探讨过他下一部书要写的主题，一部长篇，一个跟着父母生活在上海城乡接合部的敏感男孩的童年，核心与边缘。朦胧而又遥远的过去，某些重要的时刻，如何与成年后的一些日子，产生了某种联系。那悄然蛰伏在成长线中的某个庞然大物，不知何时，就会再次出现。但他从来没仔细想过，比如，这本书要叫什么名字呢？结构要怎么安排呢？现在一章一章过去，还是顺叙的同时不断闪回，或者索性简化成"活页夹"写作？这个词还是你发明的，就是在同一个大主题下，按不同维度不同侧重分别写，再合到一块儿。你问过他，他说，写的时候就知道了。

他每天都会挣扎着写一点，有时早上能写一些，不多，几百字，有时则是晚上。一天中的其他时候，他都会想着写，似乎除了这本书外，就没别的事儿可以吸引到他了。身体拖累了他。他去体检过，没什么大毛病。医生确实提醒他要注意心脏，似乎有些心梗的早期症状，但也没到什么严重的地步。事实上，他的心脏并没有隐隐绞痛的感觉，也并不觉得会喘不过气来。诸如肩膀僵硬，晚上睡不好，双腿沉重，一想到时间在流逝就焦躁不安，才是他每天都能体会到的明确症状。那些症状，没有相对应的疾病名称。

"那时候让你焦躁不安的是什么呢？"你问他。

"记忆中那些让我有情绪的事在消退。"

对着一个空白文档，他会突然忘了最早父母带他来上海时住过的简陋棚屋，屋顶究竟是什么颜色。母亲真的在浴缸上架了张门板就当床了吗？那浴缸又是从哪来的呢？

"我在上海一直待到初中，之后跟着他们又回到老家。我对老家有莫名的厌恶。我想追寻这些厌恶的根源，但追着追着，发现什么也想不起来了。比如拿着那时的全家福，却想不起来爸爸在家里是什么样的。归根结底，他一直在别人家里打麻将。"

过去的一年，有件比较重要的事，他当时也没告诉你。他的父亲得了肝内结石，却因为害怕，一直拖着不肯去医院。他从上海赶回老家，就是为了能说服他。父亲比他前一年春节见到的时候要老，固执的父亲偏偏很好动，忍着持续性的胀痛和间歇性的高烧，在外面走来走去，他简直抓不住他，跟他好好说说话。那时他还不知道，自己已经有了抑郁的倾向。他只是觉得，父亲的不负责任，就像一部路边没停好的共享单车，一辆倒了，慢慢地把一排的自行车都带倒了。想到共享单车明亮的黄色，他突然想，要是有机会为抑郁症拍部公益广告片，他要取名为：明亮的抑郁症。年轻的抑郁症患者听从专家的指导，让自己置身在光线明亮、色调明快的环境中。但在他人看来明亮的世界，在年轻人的眼中布满了阴影，大大小小……

父亲坚持要带他去离家最近的旅游景点转转。那是一座建在山坡上的大庙，苏维埃政府的遗址。他们骑着两辆自行车去那里，要骑上半小时。父亲在前，他落在后面，心不在焉。遗址新建了一个大会堂，成了当地的红色旅游景点。

父亲坚持要在大门口给他拍照。他不喜欢被拍，尤其在这样一个地方。刚从外面党校拉来一车人。人群熙熙攘攘。他喜欢自己躲在相机后面。父亲举起手机拍下他，一口气拍了很多张。拍得他都有点不耐烦了。父亲一张张滑给他看。照片上的他闭紧嘴巴，没什么表情，眼神与其说是冷漠，不如说是困惑。总之看上去都不像他本人。

"这证明了你不忘初心，"父亲说道，"说不定哪天，它能派上用场。"

他写过一篇名叫《消失》的小说，错误地留了老家地址，退稿信寄去了那儿。他回家时父亲拿给他，信封已经被拆开了。他记得编辑的意见里有这么几句话：调子太灰暗了……作家要站在生活之上，不能自然主义地去表现生活本身。作家应当把读者往光明的方向引导。

这已经不是他第一次听到"调子灰暗"的批评了。

他在老家待到第七天，终于一早拦住了拎着水瓶要出门的父亲。"在家待一会儿吧，我们说说话。"那一瞬间，他从父亲躲闪的眼神中意识到，父亲竟然害怕和他独处。

他们就在餐桌边坐下，他提出包辆车去省城医院的事，母亲已经准备好了住院需要的一应物品，他要是愿意，他们马上就可以出发。父亲还是不看他。他嘟嘟囔囔："你不是不想回来吗？"

"可你在这儿呀爸爸，我是为你回来的。"

母亲适时地出现了，她之前一直在厨房的水槽边洗东西。"你看儿子对你多孝顺！你该知足了。"母亲的语速适中，但嗓门很大。她激动地看着父亲，期待着父亲也同样激动起来。

"是啊，"父亲并没有改变脸上的神情，他甚至连头都没有点，"是啊。"

母亲还想说些什么，但父亲打断了她。"中午他大伯要来吃午饭，多弄几个菜。"

接下来父亲说出的话让他惊诧万分，他说："让我一个人待一会儿。"

这是他过去在家里最常说的一句话。自从他考进复旦大学，父亲就很想夸耀他。难得回家的春节一周，家里总有来来往往的亲戚朋友。父亲上楼，推开他房间门，从来不记得敲门。这一点父亲不像母亲，母亲只要说上一遍就会记住。父亲支支吾吾地开口，希望他下楼"应酬应酬"。除了那句"让我一个人待一会儿"，他已经想不起来自己具体还说了些什么，一个字也想不起来。但他记得自己严厉的表情。他绝不会允许父亲把他像一枚胸针那样别在胸口。他坚决不下楼，母亲会上楼来看看他，带着满满一碟子菜。他们走后他才下楼，母亲一个人清理着桌面，父亲不知所踪。桌上的剩菜都要包上保鲜膜放进冰箱里，所有的脏碗脏盘子都要洗干净。母亲一个人就能让屋子重新清净。

父亲上楼去了自己卧室，甚至都没有看他一眼。他愣在那里，那句话在他脑海里挥之不去。

大学毕业开始工作那年起，每次回家，他都会精心准备一番，一开始是去城市超市，买各种外国货带回家，被母亲说过几次浪费钱后，他开始买当地的高档牌子，再之后是直接给钱。但他不喜欢举着酒杯听别人夸自己。他宁愿像平常的日子，一家人一起聊聊家常事儿。

他坚持不下楼不出门。

六岁那年，他就懂得为自己坚持。母亲被校长拒绝后，是他走进了办公室。进去之前，还用手压了压头发。他的头发有些自来卷，有时会翘起一撮。他必须要为自己做点什么。必须挺直后背，眼神坚定。校长最终减免了他们出不起的借读费。从此，上海的小学校里，有了他的一席之地。父亲又在哪儿呢。"我那天正好有事，我要去菜场卖菜。"如果他问父亲，父亲会这么解释。但他耸耸肩。他了解父亲。

父亲常常不在家。他总是和母亲在一起。母亲唯一的心愿就是他能开心。因此她听他说话，看他写作业。但他也希望父亲能早点回家。父亲被确诊后，是母亲给他打的电话，告诉他"脑子一团糟，想想就害怕"，告诉他父亲不肯去做手术。他的第一反应竟然是点了点头。他也不想让陌生人看到自己的身体，把它切开。不过不久，也就几个月后，他自己也迎来了人生中第一场手术。医生割去了他发炎的阑尾。"你怎么已经开始吃东西了！你怎么吃了那么多！"护士惊叹他恢复的速度。

那天中午，伯父空着手走到了他家。菜很快上了桌。伯父喝了点酒后开始数落他。说他不孝。"你要是我家的崽，我会好好教训你一顿的。"伯父说道。

"不孝?"他看了父亲一眼。父亲低着头,专心地咀嚼。

"是的。这么久都不让你老子住进医院去,你要是出不起这个钱,我出。"

他瞪着父亲看。

"他大伯,这话是不是说得有点过了?"母亲悄声说道,"他要是不孝顺,也不会撂下工作跑回来了。"

"那他爸怎么现在还坐在这儿?"

他闭了闭眼睛,再睁开。父亲若无其事。父亲继续夹菜,咀嚼,发出响亮的声响,咽下。

他第一次体会到了委屈是什么。委屈并不只是为了让故事多一层转折,还是真实的胸闷,是一片灰色的滞重的寒雾。他看着塑料桌布上父亲吐出的小骨头,白白的一堆。

因为他的默不作声,伯父看起来更生气了。"明天就把你爸送去医院,这病不能再拖了!"

他点了点头,抑制自己的呼吸,努力表现出最有礼貌,最温顺的一面。这不难。只要他愿意。

"东西早就准备好了,"母亲说道,"其实是他……"母亲看了看父亲,犹豫了一下,没再说下去。

之后,就连做过村主任、能言善道的伯父,一时之间也不知道该说什么了。此起彼伏喝汤的声音,放下酒杯的声音。他突然发现自己饿了。之前，他什么都吃不下。他毅然地伸出筷子。韭菜炒鸡蛋有点咸，酱爆腰花还是有腥的味道，脆骨倒是刚刚好，咬下去就能听到清脆的咯嗞声。

母亲对着伯父笑了。"多吃点呀，"她笑着指了指厨房，"菜还有。"

父亲住进医院后的一切按部就班。他尽己所能地照顾他，对他好。把床摇起，或者放下。帮他擦身。有时候，还会握住他不用输液的那只手。陪夜的那几天他发现了两件事：第一件事，在病房里，绝对不可能用到万籁俱寂这个词。第二件事，他以为自己不属于任何人，但其实，他属于他父母。这个认识让他感到有点不舒服。真伤脑筋啊，他想。出院那天，他站在病床前收拾东西，母亲去办出院小结了。父亲突然把手搭在了他的肩膀上，把他按到椅子上坐了下来。"慢慢来，"父亲说，"我们有的是时间。"

从安徽回到上海后，外表看起来，他的一切都未曾改变。似乎还维持着原样。直到有一天，他最好的朋友去看他，她告诉他，他变了。"如果你不让我进去，我怎么知道里面发生了什么。"他还以为自己内心的变化旁人难以察觉。但那是和他从小一起长大的朋友。他起身，在家里到处走动。"你怎么会这么想呢?"他问她。"我问你过得怎么样,你总是说说好。很好是什么意思?你真的很好吗?"他在她边上躺下,不说话了。

"那个时候,心里那个封闭的空间被彻底劈开了一条缝。"

他带着心上的这道亮光跑去了欧洲。在欧洲的一条大街上,戴着耳机听着音乐的他突然发现,自己迷失了。他可以去再远一点的地方,或者风景更好的地方,但是那天下午,他意识到沿着马路前行,前方的道路不会有尽头,而他要去的,应该是内心深处的一个地方。他在原地站了一会儿,站了多久呢?肯定足够久,久到他下定决心,回自己的老家,就在那儿,盖一座房子。一座天蓝色的大房子。

他上网搜索图片,仔细看那些房子的外形,房间的布局。在他画下第一张图纸的时候,他感受到了久违的自由。建造的一切都算顺利。一个想写好东西的人需要安静的环境,需要实实在在的生活,需要安定,需要可以把控的自信。不能今天睡在这个酒店明天睡在那个酒店。房子是属于他的。猫也是。父母都健在。邻居们已经习惯了他的回归。他感觉力量在增长,有什么东西重新回到了身体里。

他重新开始写作。每天都待在自己的书桌前，眼看着 WORD 最下方字数的数字越来越大。有时自己做饭，有时去父母家吃。他已经跟他们达成了一致意见：他写作时别去打扰他。他希望与世隔绝。他强调了两遍这个词。去山上散步。阅读，画出自己觉得重要的段落并拍照存档。扫地，用吸尘器再清洁一遍，拖地。把衣服扔进洗衣机，几十分钟后再把它们挂起来。把床仔细铺好。平整的床让人没有随意躺下弄皱的心思。一度紧绷着神经。但再没有什么事能妨碍到他了。

长谈之后，他给你看了他最新的短篇——《刀锋》。第三稿。将近三万字，只花了一个月。他谦虚地说："来，看看我的小萝卜上的雕花怎么样？"

没有他这篇小说和你们长谈的那个夜晚，就不会有你这一章了。

"你会一直在那儿住下去吗？"你问他。

"有时我也害怕寂寞，所以我选择了去北京读个硕士。"

九月开学之前，他仔细打扫了房子里的每一个角落。不过他知道，几周后，等他回来过国庆长假，角落里还是会积起灰。

"但它终究是我的房子，是我造的房子，是我决定了，它要建成什么样。"

第六章　一切都是最好的安排

上篇

二〇一四年十二月二十九日，星期一，早上六点左右，病房的灯就亮了。我静静平躺在床上。新的一天已经来临。再过四个小时，护工就要推着平板车来接我了。不过我完全没把这当回事。一周前，同事告诉我，华东医院通知我得自己去一趟，领回体检报告，他不能代领。我去了。医生看起来和蔼可亲。"它还很小，才五毫米，不过，"他仔细观察了很久我的肺部 CT 片，"你家族中，有癌症病史吗？"

"我是被领养的，我不知道……"

"这样啊，"他点点头，再次拿起片子，"你抽烟吗？"

"不抽。"

"你这样的情况最好做个微创，周三就住进来吧。手术后才能确诊是恶性还是良性。目前看来，腺癌的可能性比较大。"

乘电梯下楼的时候，我开始盘算需要告诉哪些人。

我丈夫，我母亲，我干爸妈，我教练。还有我单位。其他人我都电话说了说，唯独我母亲，我回了趟家。自从发生过我弟弟来要房子那件事后，她就不怎么理我了。我到家的时候她在洗碗，开着收音机。她刚吃完午饭。我告诉她我吃过了。你怎么想起今天回来了？今天不用上班吗？母亲开口了。今天不用去单位。我说。她重新戴上放在水斗边的黄色橡胶手套，我站在她背后，靠着厨房门。收音机里在放一部老相声——《五官争功》。"哎哟，真是大水冲了龙王庙，一家人不认一家人啦！"我伸手过去关掉收音机，告诉她周三我就要住进医院的事。她转过身来，举起一只戴着黄色手套的手，指了指我，但没说出话来。过了一会儿，她转过身去。

"我把你抱回家时你才三岁，很小，很小的小不点。我问你，你饿吗？你想吃点什么呢？你摇头。可等我把苹果片和酸奶放在你面前，你吃得很起劲。我专门找了医生朋友给你做了一次体检，她告诉我，你身体棒棒的。除了矮一点，什么事也不会有。"她拔起塞子，水开始汩汩地流走。"那时你完全依赖我，我走到哪儿，你跟到哪儿，像只小狗。走累了，你张开手臂拦住我，要我抱你，我就把你头颈一夹，拖着走。"

她说得没错，虽然我并不想回到童年，但我喜欢她跟着收音机唱歌，夏天用水泼我，放假时给我戴上纸糊的面具吓唬路过的小朋友，骗我吃下用糯米做的糯糊。

"我午睡时，你就坐在床边的小椅子上，默默地坐着，一声不响。我醒来发现你盯着墙上的小火表看，你在看什么呀我问你。你顿时把眼睛睁得大大的。你说你在看黑板。黑板！我那时就决定，要让你接受最好的教育。"

她看着水斗，开始脱手套。她用右手的食指和拇指捏着左手手套的边缘，我站在原地看着她。她试了几次都没成功。我走过去，替她脱了下来。

"我会去医院陪你的，"我母亲说，"你会没事的，我还等着哪天你来照顾我呢。"

在术前等候室，我一个人平躺在床上，身上盖着厚厚的棉被，想起了她脸上浮现出的那种神情。似乎可以无视死神的，那样一种神情。

然而身体，根本是无法操控的吧。从我们出生开始，身体就完全脱离了掌控。它朝着终点一路长大，这背后蕴含的死亡气息，人要到什么时候，才能明白地感知到这一点呢。

几个小时后我被送回病房。我母亲抓住我没打吊针的那只手轻轻地抚摸，她的手掌冰凉。

出院的那天我独自一人去了医生办公室。

"听说你是作家？一个月后你就能重新工作了。"医生一边说，一边露出鼓励的微笑，"半年后你就可以爬山。三年内不能要孩子。"

"三年之后可以，是吗？"

我想和医生四目相对，他却垂下了眼睑。"怀孕是否会导致癌症复发，目前医学界没有定论。基本上，怀孕这一事实并不是导致癌症复发的原因。但是怀孕的过程有可能让复发的时间提前。怀孕期间产生的大量雌激素可能刺激到已经存在的癌细胞，并使其进一步扩散。所以你要了解，怀孕可能带来风险。没有最恰当和周全的选择。"

我点了点头。我没有把这些告诉我母亲和我丈夫。

二〇一五年一月五日，我出了院。

五天后的夜里，我贴住我丈夫的身体。需要侧着身子才能从床上撑起上半身，我脱去睡裤，却没有脱去睡衣，下面是缠得紧紧的绷带。他的手指滑过我的脸庞，怀疑地看着我。我点了点头。我们靠得更近了。我在他上面，闭上眼睛。动作缓慢而温柔，之后开始狂野，加速。被切除的左肺上叶。我听到了自己困难的喘息声。一阵风驰电掣之后，我发现自己还好端端地。我在他耳边轻轻告诉他：我活过来了。

一个月后，我开始筹划去鼓浪屿的旅行。我丈夫很高兴。他之前被自己的想象吓到了，以为我会接受化疗，头发全部掉光。他把餐桌朝里推了推，在厨房就向我伸出手，邀请我跳一支华尔兹。他把我拉进他怀里，把我紧紧地压在他胸口，"你吓死我了，我差点以为，我会失去你。"他爱跳舞爱唱歌，这两样我一点儿也不喜欢。但这一次，我竭尽所能，把一支舞完整地跳完。我们在一起十几年了，他的兴趣因为我，迁就成了看书、听爵士乐。

　　我们在下午到达鼓浪屿，酒店就在海边。在海边散步时我告诉他，我想要有点儿变化了。

　　"没错，像这次一样，我们以后多出去旅行。我们好久没这么放松了吧？"

　　但这不是我想要的变化。

　　他抓住我的手，问我是否有要孩子的打算，我摇了摇头。

　　"那我们可以养条狗，养只猫也行。"

　　"确实，你说得很对。"我说这话的时候，停下来看了看远方的船。

　　全麻前，麻醉师给我扣上面罩，然后让我深呼吸，那时我就想，如果我能再次醒来，我不要再在原地待着了。

"我一直是个胆子很小的人，从来不敢玩类似'信任后倒'这样的游戏。你还记得吗？几年前，我在准备哲学博士考试的时候，和你讨论过荣格做过的一个梦。在荣格的梦里，他梦见自己在一栋老房子的顶层，房子里家具陈设气派，墙上挂着精美的油画。他惊叹这竟然是自己的房子，不由得想：'还真不赖！'但随后他就想起，他对下面一层是什么样子还一无所知，于是他就下楼去看。

"那时我和你说，我是绝对不可能走出那一步的。我宁愿一辈子就待在顶层。但是现在，我会鼓起勇气，看看那下面究竟还有些什么。"

"我记得荣格最后发现了两个人类的头骨，而且还碎了？"他沉默了片刻，"你想说什么？"

我不知道我想说什么。我的身上已经产生了某些变化，但我不知道那会是什么。

"那你准备好了吗？"

我点点头。

我太自以为是了。

此时此刻我想起了这些事。我多么渴望，回到当初的自己。辞职、踏上一切从零开始的旅途，失去。这都只是我一个人的责任。我是自愿的。可他不是。他陪着我面对这一切。每次我做噩梦尖叫起来，他都会把我叫醒。但是，他的脸上已经开始慢慢浮现出，受伤害的表情。我已经伤害了他。在我没有事先告诉他就把房子抵押给银行的时候，在我因为没有钱而一次次拒绝他的假期旅行提议的时候。如果我肯收手，他或许会安慰我。

"为什么你就是不肯收手？"对于他的这个问题我不知该如何作答。

在我认识的人中，确实有一位朋友，因为赌球，失去了所有的房产。还有一位同样写作的朋友，创业时朋友们给他凑了几百万，他开了个线下剧场，一年不到就垮了。为了东山再起，他开始磨炼自己的德扑技巧。德扑是投资圈最流行的休闲游戏，第一个获得WSOP冠军金手链的中国选手杜悦就是常春藤资本的合伙人。比尔·盖茨、巴菲特、柳传志、马云、李开复，都是德扑爱好者。一年后他成了职业选手。他能熬过几个小时的对局，也能只用零点二秒的时间算出自己获胜的概率，但是还有一个词Bad Beat等着他。大概率能获胜的情况下也可能遭遇小概率事件导致失败。用几个小时将手中的筹码翻上十倍，因为Bad Beat就会在三分钟内输光全部。

"你不用回答我。诗无定法，开心就好。"

如果那时有人拦住我，不让我辞职，不让我创业，我会怎样呢？

"你要做什么？"那个人会对着我大吼。

"做我想做的事！"

"你疯了吗，放弃眼前安稳的一切？"

"我要试一次，然后成为一个虚弱的人。不要阻止我。"我会大声喊回去。

"你会倾家荡产，一无所有。你的丈夫也会因为你忽视他而离开你。"

"我必须试一次。这是我这辈子，能折腾的最后机会。"

"你想得太容易了。"

"如果我现在不做，我就永远不会做了。"

是的，是时候告诉大家，我心里的想法了。

这两年，好几次刷朋友圈，刷到的是创业者自杀的消息。We Phone 创始人兼开发者苏享茂、法兰游戏的创始人甘来、金盾股份董事长周建灿……他们都选择了纵身一跃。

我想象过他们最后的画面。午夜即将到来，他们来到楼顶上。之前，已经喝下了不少酒。他们在楼顶上走来走去，步子有一点东倒西歪。楼顶的风刮得有些猛，让人觉得楼房在轻微地晃动。他们走到护栏边，停下脚步，站稳身子，看向远方。远方是繁荣的城市，灯光连成一片，向外延展，无穷无尽。曾经属于他们，又不再属于他们。眼前或许会闪过一两个女人的身影，或许不会。最终，他们爬上栏杆。接下来要做的其实很简单，只要一只脚的脚尖往下探去。整个过程，只需要几秒钟的时间。然后，他们会在朋友圈短暂地出现几天，从此被世人遗忘。无论他们曾经做过什么。

朋友问我，最艰难的时候，你会不会也想跳下去？我笑着告诉她：所以我总是租一楼的房子。"跳下去，飞在空中并不危险，假如你喜欢，可以从摩天大楼上跳下来，那不危险。着陆才是问题所在。"我在书里看到过这样的句子。

所以，对你们身边的创业者好一点儿，不要总是问他们，你还好吗？公司不做了？那里面多的是拆下肋骨当火把，踽踽前行的人。

一个周末的午后，我约出了那位和我合作过的倒霉的老板。

他比之前更瘦了，身上穿的是件之前看到过的旧外套。不再骄傲和居高临下。这不是两年的时光流逝所造成的。尤其是他的微笑。过去的他脸上常常挂着讽刺的微笑，现在却随和了许多。

"你看起来还不错……"过了片刻，他终于说道。他是听说了什么吗？

"并没有。"我微笑着回答。

"不行也别勉强。募资难，融资就难。你做影视版权，偏偏遇上资本退潮、政策趋紧，我听说，三分之一的公司已经基本退出影视行业了？"

"是啊，过去有多辉煌，今天就有多残酷。周围再也没有可以轻易给钱的人了。"

"眼见他起高楼，眼见他宴宾客，眼见他楼塌了。"

"寒冬嘛。而且谁也不知道它会持续多久。裁员，暂停了一些业务。把原来面向影视公司的版权评估软件改成面向高校文科院系的文本分析工具。还是得自己咬牙坚持，能活下去就好。"

我们的脸上都挂着微笑，那微笑里饱含着理解、同情甚至默契。他告诉我，第一次在作协隔壁的咖啡馆见到我时，他便知道，我是那类很难驾驭的员工。"除非你能崇拜我，可我没有什么值得你崇拜的。"他说那时的我看起来很骄傲。那种骄傲并非毫无来由，二十五岁时，我在一本全国顶尖刊物上发表了长篇小说，是截至当时最为年轻的长篇作者。从那以后，我为它工作，因为发表了几位年轻作者的稿件，轻而易举地收获了尊重和讨好。我被邀请去一些学校开讲座，和一些成名作家对话，他们称呼我为走走老师。正是在这些社会活动中，我学会了咄咄逼人，以疑问句反问句开始对话的方式。台上，我盯着和我对话的作家看，试图找出某种不真诚的破绽。台下，读者、好奇的文艺青年，举起手机对准我们。

可我当时忽略了自己工作的杂志的平台属性。

"人生最大的不幸，就是无法认识自己，离开了平台，也许自己什么都不是。"我举起手里的酒杯和他碰杯。

离开杂志社后，我开始在朋友圈每天推送自己公司签下的那些类型小说。科幻、推理、灵异、童话、职场、爱情。有几位老作家给我发来了痛心疾首的微信。他们完全无法接受我"在文学品味上的堕落"。离开杂志社仅仅三个月，我便成了他们摇头叹息的谈资。在我离开那幢老洋房六个月后，一些作家收回了版权独家合作授权书，"我们以为你会回去的……""我们以为你还在那儿……"有一次我请一位作家朋友吃晚饭，她迟到了二十多分钟。过去，在餐厅耐心等候我的可是这位作家朋友，每次在我为迟到道歉时，她就大度地挥挥手，忙不迭地叫来服务生点起了菜。如今轮到我了。我妙语如珠地介绍自己的创业故事，听她讲自己新写的故事时眼里放出欣赏的光采，适时放出赞叹的笑声。每当她拿起手机看上一两分钟时，我就摆出一副耐心等候的姿态。喝完黑松露炖鸡汤，她抬起头为难地看着我：今天见到你还真是很开心呢，可是这部新长篇，影视版权我打算给别人……"等她走后我打量着账单，忍不住心痛，那顿饭可花了公司不少钱呢。

"为你成熟了干一杯。"他说。

再接下来，我需要去不断求人。在微信上措辞良久，我却发不出手。因为一种莫名其妙的羞耻感，我需要在周末的午后饱睡一下午，才有勇气群发出那些消息。在接下来的一年里，每次我都会发现，自己又被几个老朋友拉黑了。

"那为拉黑干一杯。"他举起酒杯。

我终于接受了自己是弱势的乙方这一事实。名家们的版权，全都变成了非独家。代理费也从原先的三成降到了一成，零点五成。我开始学会精打细算，不再请作家们去餐厅吃饭，而是喝个下午茶。我仍然认真阅读他们的最新作品，偶尔在微信上回忆起对方小说中某个令人难忘的片段，那种作者用心打磨过，却很容易因为平顺而被人忽视的细节。我不再邀请他们去我租的小院坐坐，走到咖啡馆门口，各自分手就好。而作家们会一边陪我等车一边感慨，还是你懂我的小说啊。车门砰地关上，不久我会收到他们的微信，给上几年的非独家版权，应该没有什么问题。

搬去月租六千的公房后，我在自己的办公桌底下放了一双拖鞋。我还是会穿上高跟鞋，穿上好衣服，背上好包包出去见人。但一回去，我就舒舒服服换上拖鞋。我不再迟到，在微信里将恳求帮忙和诚挚感谢的语气拿捏得恰如其分，而且总是跟上一个没心没肺咧嘴大笑的表情。我不再关心"我们从何处来？我们是谁？我们向何处去？"这样的问题，我只关心，活着，活下去。

偶尔，害怕坏消息接踵而至时，我还是会把手机反扣在桌上。

"讲讲你的故事吧？"

"我比你大七岁，我还能有什么故事？"他叹了口气答道。

"你还是找到了工作，对吧？"

"有钱的时候，我投资了一个很小的科技公众号，公司宣告破产后，他们接受了我，给了我一份工资。"

"有这结局很不错了。"

"对，是很不错。"

但我什么投资也没有。

"你有坚持和自信。"

为了这句赞美，我们喝干了杯子里最后的一点红酒。

两年。我的冒险生活至今快两年了。但也许可以再往前追溯一阵子。

还记得我前面提起过一个朋友吗？一个长着一张圆脸，有着一颗铮亮光头的男人，他曾在前面短暂地出场。二〇一四年五月初，他拿到投资款，创立了自己的短视频品牌。一个夜晚，他邀请我和几个朋友去了他租在石库门弄堂里的工作室。院子里的长桌上，冰桶里的酒瓶在月光下莹莹闪亮。他刚把做杂志时积攒的一头长发剃光，这样，他的模样看起来陌生了，与过去不同了。他邀请我们替他想想，第一条视频应该拍什么。要在网络上爆红，他说。

这真是一个美丽的蓝色的夜晚。我们这些写作的人，脑电波被激飞，在夜空中划出一条条蓝色的线。"要爆，不需要意义。要足够有趣。"他看着我们，为我们每个人的杯子里倒满酒。"我们已经想了那么多……"一个朋友说。"说实在的，90后不会觉得好玩。"他摇摇头。

我开始用手机搜索段子。"这个怎么样？我给你们念念。"

段子的大意是：女儿夜归，发现父亲独自一人在家喝着小酒，对面桌上居然也摆着一只小酒盅，一碟花生米，一副筷子。女儿问是怎么回事。父亲回答，怎么了，我跟女婿喝个酒，不可以？女儿定睛一看，对面椅子上放着她用的自慰器。

"就这个！"他说。

一周后，这条短视频上线。爆红的同时成功引起一个知名安全套品牌的关注，成了它家的贴牌广告。五月底，我加盟了他的公司。不去杂志社上班的周二、周四，我就去他那儿。我已经很久没为广告公司想过创意，但比预期的顺利。我刷视频，想故事，做方案。他把我称为他的顾问。大多数时候我们就在院子里讨论，他肯定得多，否定得少，这下我更有信心了。直到九月。他打算加快发展速度，不再为品牌定制故事、视频广告，而是自己做平台。一天比一天冷，我们不再待在院子里讨论创意。他在他一个人的小单间，我在外面的大办公室，和一群九零后一块儿。有时他从自己的办公室走出来，在门边停下，站着不动，徐徐地环视整间大办公室。

他给自己买了一辆很酷的摩托车，外观设计上很有视觉冲击力，那是他创业之前一直想买的。十一月的一天傍晚，他提出带我去兜风。我戴上头盔，伏在他背上。

他问我：我们做了多久的朋友了？五年，我告诉他。那时也是十一月。他和朋友一起创办一本杂志，组稿时认识的我。他回过头来大声喊了一句，我们永远都会是朋友，对不对？

朋友也许应该有某些心意相通的地方，不需要无话不谈就可以彼此猜出。

那时他找了香港的外包团队搭建APP。因为"修例风波"，开发进程延宕，工资却还得照付。他在办公室发了几次火。我不大确信他的平台思路，远在香港的外包团队也让我感觉不靠谱。几度想过和他探讨，但我忍住没讲出来，大概是觉得自己并没有资格。

"平台，还顺利吗？"

"今晚我不想谈。"他说。

"明白，"我说，"那我们就不谈。"

"主要是没什么可谈的。"

"嗯……天挺冷的，我们要不要回去了？"

"好呀。"

十二月，和医生见过后我给他打了电话。

"嘿，你好好养病。我给你选本书带上。"

"办公室，我就不去了。你也不用给我发工资了。"我说。

“我知道了，谢谢你。”他沉默了一会儿，“你别瞎想啊，你不会有事的。”

“我知道。”我说。

我站在路边。幸好我选择了打电话，要不然，我们该如何互相对视？在这样一个时候生这样一场病，是我想要的，我想，也是他想要的。

我答应过你们，我的读者朋友们，会在小说的结尾告诉你们，他那道题该怎么答，才算玩得转资本游戏。

“正确的做法是什么呢？听新投资人的还是老投资人的？”

“应该是听自己的。做好对老投资人的解释工作，不要让他们产生太多意见。让新的融资协议迅速生效。”

听自己的，还是听硬币的，或者听铜板的？

自从看了南怀瑾的《易经杂说》，我迷上了书里写到的卜卦的方法，尤其是宋朝邵康节用三个铜钱卜卦的方法。

“现在不容易找到外圆内方的铜钱，借用现代的硬币也可以，横竖都是一正一反两面，任意将一面作为阳面，一面作为阴面，将三个钱乱摇一阵后丢下来，如果说其中两个钱是阴面，一个钱是阳面，便以阳面为主，记录一个‘、’的记号，代表这是阳爻。如果卜出的钱是两个阳面一个阴面，就是阴爻，记录一个'··'的记号。如果三个钱全是阳面，作的记号是一个圈'○'，这就叫作动爻，要变阴的，阳极则阴生。如果三个钱全是阴面，作的记号是'×'，这是要由阴变阳的动爻，这样连续作六次，完成六爻。装卦的顺序是由下向上依次排列，第一次所卜得的为初爻，第二次为第二爻，依次上去最后到上爻。"

亲爱的读者朋友们，你们认为这部小说能顺利发表、出版吗？

我不知道，希望会吧。

找出三枚一元硬币，"中国人民银行"一面为阳面，菊花一面为阴面。藏在手心里上下摇，放开，看它们如何亮闪闪地转圈，啪地落在桌子上。

六次。

会是怎样的一卦呢？

　　　　*

一位女性创业者来问卦。由于她与我身处不同省市，不方便来，于是便由我代卜。

代卜，对方必须先要把所问之事对我叙述一遍，再由我点三支香，在坛前对祖师爷鬼谷子先师郑重祷告,阐明缘由,然后再掷六次铜板,摇出所要之卦。

今天是二〇一九年九月十九日,农历己亥年癸酉月己未日,旬空子丑。问卦者是一名女性创业者,她的问题:我的公司还做得下去吗?我的公司有没有可能被别人收购呢?

此卦得到:山水蒙化火天大有。首先,山水蒙是初始之蒙,人藏烟草,万物始生,也代表对一些事物看不清楚,可见这位创业者眼前的局势不甚明朗,如同有雾气笼罩,她向我求教卜卦,心中本身就有疑虑,最怕的就是前途未知,好在山水蒙化出的火天大有卦,爻象形成了一个连环生。

卦象是子孙爻福神持世,这点很好,六个爻象里面动三个爻象,初爻、三爻、四爻都动,也就是腾蛇、青龙、玄武都动,因为动爻而得到了火天大有这个卦,整体局势尚可。

由此可见,这位创业者的个人能力是非常强的,虽然公司目前情况不稳定,但凭她的努力完全可以渡过难关,值得坚持。但是,近年求财财气一般。

按照流年,明年是庚子年,随后是辛丑年,壬寅年,癸卯年,这种流年财不旺,运程一般。此外,这位创业者询问自己的公司是否会被收购,卦中,凡是涉及法律文书、合同契约等内容的为"父母爻"，而收购对象应是客户同行，故代表"同一类人"的"兄弟爻"也在视看范围内。

我又看了一遍客户的卦象，告诉她，收购的可能性很低。为什么收购不太可能呢？首先此卦以应爻为指对方，为父母爻，化出的是子水落空，也就是说，你虽然想着把公司脱手，但买方（投资人）并不会接手。

再看卦象，爻中有动，代表还有得商量，但世爻与应爻之间是合中带克，但对方力量不强，因为应爻对方尽管回头生但是化空，而且投日辰之墓库，收购不会成功。

卦中子孙爻持世，且化出酉为财，这点非常好，现在又是癸酉的月份，值月当旺，应该说目前这位客户的财运还是可以的，下半年比上半年旺。

正如卦象所示，我认为还是由她自己咬牙坚持最靠谱。一方面这位创业者能力很强，另一方面，世爻临青龙。青龙为喜悦之事，再说是化出酉为财。现在客户是戌土，按卦论，在立冬之前，会有意料之外的好消息出现。

最后，我告诉这位创业者，凡事都有两面性，公司被收购未必是一件利她的事，凭借她最后的坚持，完全可以撑下去，把公司越做越好的。

——摘自某六爻卦师的日记

在付出这么多时间和心血后，还需要持续付出，那真得需要超人的毅力才行。

不过说真的，我必须告诉你们一点好消息。

我决定开一个风水算命公司。我签下他们，服务对象是那些像我一样爱折腾又没折腾好的人。天下本无事，一动便有吉凶悔吝的后果，人也总有内心突然感到一阵无力的时候。

我又开始见朋友。我们一边喝咖啡，一边吃甜品、聊天。甜品配咖啡，让人感到安心、安全。无论男人女人，听到我的新业务，看起来兴致都很高。他们会问我许多问题，我向他们讲述那些风水师的工作，我的见闻。通常，那些顺利改变命运的故事，更让人期待。

"什么是命？命好比车，有人生下来就是法拉利，有人生下来只是普通车。什么是运？运好比路，有人是法拉利上山路，车好，路坎坷；有人是普通车走高速，车一般，路顺。想要人生更顺利，不如选好自己的路……"

他们听得频频点头。

有一天，我的一位编辑朋友找我吃饭。"说到卜卦这些，"她说，"你那时写小说，以卦为标题，是出于什么构思？"

而我竟然完全忘记了。二十五岁时，我就写过这样一个长篇。用了火山旅、天雷无妄、天泽覆等许多卦的卦象，串联起一个悲伤的有始无终的爱情故事。

"那本书只是章节标题上用了卦做包装，内容里还没有涉及卦的内容。下一个长篇是准备内容也写卦吗？"

确实有作家说过：如果你的人物不是芸芸众生中的一个，那故事就一无是处。

我不知道会写什么。我只知道：一切都是最好的安排。一切都会好起来的。从现在起。

下篇

你又要离开家几天，一路出差，出差的最后一站又会是在杭州。这是给过你机会的城市。不卖关子了，长话短说，你又看到了一扇门上镌刻着五个字：走走的林杨。下面还有一行小字：我们必然会相遇。

你心里想，不要，不要好奇。这一次，你不会轻而易举、简简单单就推门进去。你迈开步朝相反方向走。但它不肯消失，它就浮现在你眼前，成为你视野的一部分，似乎和你之间签下了不可动摇的协议：在你真正明白创业这个游戏的玩法后，你就得再次上我这儿来，为这个旅程画上句号。

你不想一睁开眼，就盯着它看。

你推门进去，屋子里空空荡荡的，只有一张一人多高的大桌子，旁边甚至还放着梯子。你爬上去，发现桌子上只有一长卷纸，上面的字是用电脑打出来的。一个个人名。还有日期、你们相遇的城市名称。你轻声念出。每一个名字，都代表着一次会议，一起工作的一段日子。一年零几个月，或是一直到现在。你一边念，一边想起了他们每个人的长相，他们看着你的表情。

他们一个接着一个出现。你突然开始哭。"别哭啦，继续念，念完它。"有人在底下喊。

好了，他们都在这儿了，所有见证你这两年的人。他们中的很多人爱着你，在你虚弱的时候照顾你，在你渴望回家时等待你，在你的生命中，他们曾经是或仍然是，对你至关重要的人。而你相信，你也在他们的生活中，起到了一定的作用。

你站直身子，看着他们。他们站在地上，移开了梯子，就围着桌子。一圈一圈又一圈。你就在中央，高高地站着，像是站在自己的旋涡中心。这次你的林杨有了玻璃窗，还是落地的。阳光照进来，散发着动人的光芒。有人打开了窗，风进来，你们每个人的头发都开始随风飞舞。你的同事，你的朋友，你的丈夫，你的母亲。你对他们表示了感谢，不知道是什么魔法把他们统统运来了此处。他们对着你大喊，还喊着你的名字。你感到不好意思，你低下头，假装不看他们。他们继续大喊，继续喊着你的名字。你终于听清了他们在喊什么。

向后倒，一二三。向后倒，一二三。

你想起那个长谈的夜晚。你的朋友对你说，希望你别那么自律，自由一点，欢乐一点，哪怕无目的，没意义。"不仅仅是为了某种逃避。"

此刻，他就在下面。"向后倒吧。那是你必然会发生的动作，我一直能感觉到你对这个动作的呼唤。"

你从来没有尝试过。从来不能。在大脑里就划清了界限。"我也希望我能。"你又开始哭。

"我懂那种希望。真的不容易的。我和你的关系，你和任何人的关系，都是你在给予，预先地给予，但你从不要求，不索取。这是你奇怪的地方，是我对你建立某种感情的地方。但它也是你恐惧，与并不真正信任人的地方。你不信任任何人。"

你搬出了弗洛伊德。大概真的是因为你被放弃过，所以不想抓住任何东西。或者说，你觉得自己抓不住。那还不如不抓。

"认定自己抓不住，因为这更安全。一种方法，一种策略。我不是在批评你，只是会觉得，很可惜。因为会很孤独啊。"

你点了点头。你突然想起，小时候，你在观看国庆庆祝游行的队伍里走失。你的周围都是比你大的哥哥姐姐，他们都穿着白衬衫蓝裤子。大人们来来往往，你哭着不知该往哪里去。你听到母亲喊你的声音，她向你奔来，之后她牵起你的手，紧紧地抓着。长大后，你也曾在香港迪士尼乐园和你的丈夫走散。还是他先找到的你，对你说，他永远都不会丢下你一个人走掉。此时你想起这些似乎是想为自己打气。

时间在流逝，而林杨的一切都自有其规则。你知道，你不向后倒，你们谁都不能离开这里。没有人和你说过，没有纸上这么写，可你就是知道。那为什么你会害怕向后倒？

因为你害怕，你已经失去所有人。你是如此害怕被人抛弃。与此相比，失去一套房子算得了什么？停止创业又算得了什么？也许你现在只是需要一个结束的Trigger。

你知道，应该把这样的想法抛到脑后。转过身去，背对他们，站得笔直，伸展开双臂。你能克服自己曾经的恐惧吗？如何说服身体听从大脑的指令？如何让大脑听从心的指令？

你安静地站在那儿。在此之前，你已经站了很久很久。他们抬头看着你，又低下头去。又再次抬起头。他们不再叫喊了。你松了一口气。

没什么大不了的。面对还是背对，都是一个人。你感觉身体既沉重得让你迈不开步，又轻得特别跃跃欲试。

你解开了紧紧绑住头发的黑色皮筋。

置身事外与涉身其中
——评走走小说《想往火里跳》

战玉冰

在我试图想要谈论走走的这部新书时，遇到了一个巨大的言说上的困境，即我该如何选择自己言说的立场？是以一个置身事外、完全中立的文学评论者的身份来分析这篇小说；还是从一个对小说里诸多事件的现实原型多少有些了解的参与者的角度，来拆解一些小说情节真实与虚构的边缘；抑或是站在一个见证者的位置上，来对小说或生活中某些事件或人物，提供另外一种理解或看法？这看似是一个可以用"有一说一"来简单回答的问题，但实际上却牵扯到评论的边界与限度、言说的目的和意义，以及表达者自我身份的定位与认同等多方面的复杂问题。

一

　　之所以会产生上述问题，其中一个重要原因在于
走走的这篇小说和她自己近两年的实际经历牵扯太过紧
密，甚至有血肉相连之感。大到从一个作家到创业者、
从文学圈到商业圈的跨界转型，小到投资公司请吃的"一
碗他们食堂下的面"等末端细节（那碗面我恰巧也吃过，
印象中味道确实还不错），都能找到现实生活中的对应
物与原型。由此，我们来看小说主人公"走走"看似无
比驳杂的人生经历：诸如作家、编辑、出版人、创业者、
团队老板、70后商场女性等多重社会身份，以及跨国婚
姻、癌症患者、被原生家庭弃养的女儿、健身私教课学
员等私人生活，再加之禅修、打坐、风水、占星术、基
督教等令人眼花缭乱的信仰或安慰。实在不得不感佩现
实中走走的生活——尤其是近几年生活——的密度之高
与能量之大。当我们将"索隐"式的阅读止步于此，转
而投向文学方面的考察，就会发现有两个与之相关且格
外值得注意的问题：

　　首先就是小说在不同章节中对第一、二叙事人称

的交替使用。这不仅是一种叙事技巧的展现（作者在这部小说中所展示出的叙事技巧绝不止于此），更是为了避免在把真实事件转换为小说的过程中——尤其是这些真实事件对于作者而言又是如此新鲜、热辣以及深刻的记忆——采用第一人称叙事容易沦为故事讲述者自己倾诉欲的爆发和无休止的絮絮叨叨而采取的有效策略和手段。这其中的难度也在于如何对不同叙事人称的语气和口吻做出更细致的区分。此外，作者选择了"我"和"你"，而非"我"和"她"，其好处之一在于形成了一种观察立场与叙事语气上的"逼视感"——比起第三人称的貌似客观性，这种第二人称所带来的"逼视感"更容易触碰到内心私密的层面（介于热奈特所说的"异故事"与"同故事"之间的某种状态）。同时，"逼视"比起一般性的审视，更多了一种压迫性与紧张感，这就涉及了小说第二个值得关注的问题：对叙事语言速度的把控。

在这部将近八万字的小说中，竟能包含上述如此丰富、驳杂的内容、身份与经历，这就不仅仅是小说主人公或其现实人物原型生活快节奏与高密度的问题，更是在相当程度上得益于作者对小说叙事语言速度的出色把控——频繁切换的短句，快速转场的内容，跳跃性的场景、事件与逻辑，直接引语与间接引语的拼贴、融合，甚至是大幅度省略故事与对话背景的简省性写法，等等。这种对叙事语言速度的把控，在小说一开始就达到了相当高超的境地，让读者恍惚间几乎能感受到创业圈生活的步履匆匆，"嗒嗒"的高跟鞋声一直在耳畔萦绕，又或者是把"走走"每次表面淡定自信，内心却焦急无比地做着公司介绍与产品宣讲时的心态深深印刻到了小说语言的字里行间——一种内在的焦虑与紧张感。可以说，采取这样一种高速的叙事语言与节奏，来讲述当下创业圈的种种故事，是再合适不过的了。但小说在前两章出色地完成了这一任务之后，同时也对接下来的几章形成了更为高难度的挑战，即如何在叙事节奏上更上一层楼，或者是另换一种节奏，进而形成一种差异感。这种困境就好像小说里"走走"所遇到的问题那样，在每次产品宣讲时，如何一直保持舌灿莲花，甚至是越发妙语连珠，以求不断勾起投资人的注意和兴趣。

二

既然这是一部深深"源于生活"的小说，我不妨也借用一点小说中（同时也是现实生活中）的工具来帮助解读这篇小说。即借助小说中"走走"带领她的技术团队所开发（同时也是现实生活中走走所开发）的文本分析软件"一叶故事荟"来分析这篇小说。在分析结果中，我们不难发现"投资人""公司""创业者"等一类词汇皆是小说高频词。相信凡是读过这部小说的人都会和我一样，对于这个数据分析结果丝毫不感到意外，毕竟简单概括起来，整部小说讲述的就是"创业者"与"投资人"之间的反复博弈以求让"公司"活下去的故事。相比于"创业者"人物形象前后相对缺乏成长和变化，小说中的"投资人"形象可谓是塑造得相当丰满且精彩。小说中出现了多位投资人，粗略地举例来说，其中有想买断公司的、有想挖技术墙角的、有想乘虚而入的、有完全不看好这笔投资前景的、有和小说主人公发生婚外恋情的、有各种靠谱不靠谱的、有比创业者主人公年纪还轻的、有真心帮助小说主人公创业的、有北京的、有杭州的，等等。而作者在小说中大胆地抹去了所有投资人的名字，只凭借其高超的人物刻画技巧，在叙事过程中来完成对每一个"投资人"形象的勾勒。这种近乎速写式的笔法反而凸显出了每一位投资人在听"走走"做宣讲时的姿态与神情，以及其当下内心的判断和想法，乃至背后更深层次的人物性格，进而聚合成了某种当今社会中的"投资人"群像。

而令我感到意外的一个数据观察结果在于，"母亲"在这篇小说中的词频竟然比"投资人"还要高。当然我们不会忘记小说的确花了不少篇幅来讲述"走走"童年的故事与其创业后和家人相处的生活。但我们似乎总是更容易将目光聚焦于小说主人公"走走"创业有关的内容，甚至将这篇小说简单归类为一篇"创业小说"，从而忽略了其成长的经历以及家庭生活的一面。如果我就此说这个数据观察结果可能反映出非原生家庭的经历和母亲/养母的角色对小说人物"走走"意义重大，可能会被认为是推断过于迅速和粗暴的话，那么另外一个有趣的数据现象似乎可以为我刚才的鲁莽结论提供一点佐证的可能。

　　我们可以将小说的故事主线概括为主人公"走走"创业的故事，甚至可以说这是一个创业过程中接连遭遇失败的故事。面对投资人的拒绝、融资机会的破灭、影视业的寒冬、现金流的吃紧乃至于资金链的断裂，公司因此被迫搬迁，最终"走走"也不得不抵押自己的房产来维持公司的生存。这还不包括她创业前从癌症中"死里逃生"、打太极拳的干爸的离世、夫妻感情关系的紧张等等一连串"悲剧情节"。但就是在这么一连串的失败和悲剧中，整篇小说情绪最消沉的点竟然在于主人公"走走"的亲生父母当年因投机倒把而入狱，自己被人领养这个一笔带过的简约细节，实在是很令人玩味。回归到文本之中来看这个细节，小说人物"走走"的父母因做生意而入狱是导致其被领养的最重要原因。在这个意义上，"做生意"成了"走走"生命中的某种原罪或禁忌，所以"走走"的养母才会在发现少年"走走"通过租售"沙包、鸡毛毽子、铁环挣钱"或者倒卖冰棍儿赚点小钱时产生了如此巨大的愤怒。这种"原罪"一直延续到小说最核心的创业故事之中，甚至最终成为了小说主人公的某种宿命——"生意"与"失败"的宿命："我亲生父母的命运会影响我一生，无论我走到哪里都摆脱不了，都怀揣着他们注定失败的命运。它无处不在。"就此再来重新审视"走走"父母当年入狱这个细节，其完全可以看成是全篇创业失败故事的原型，更是后来一系列悲剧情调的起点。而小说在进行到三分之二处（创业已经遭遇到连续地失败打击）才提起这个细节，其追溯和隐喻的意味就更加不言而喻了。

此外，另一个让我颇感兴趣的观察结果在于，在整篇小说的"场景高频词"统计中，"脸上"竟然居第一位，甚至高于一般严肃文学中最常见的场景词"心里"。在此前我们对于几百篇网络小说以及历届"茅盾文学奖"

获奖小说所进行的同类数据分析结果显示，一般而言，"现代生活与情感类网络小说"最高频的场景词是"家里"；"玄幻与幻想类网络小说"最高频的场景词是"身上"；而以"茅盾文学奖"获奖作品为代表的"严肃文学"，最高频的场景词则是"心里"。关于走走这篇小说的"例外""数据异常"，我们大概可以从如下两个角度来进行解释：一是借助"茅盾文学奖"获奖作品中非常罕见的不是以"心里"作为第一场景高频词的李洱的《应物兄》来作为辅助参考案例，即正如我曾经在分析《应物兄》"心里"词频相对较低的原因时所说，这"是因为小说采取了相当复杂的叙事视角，经常在第一、二、三人称之间频繁跳转的写作技巧所致"，显然，走走的这篇小说也具备这一叙事特点，即在小说中把"心里"所想一类的句式转化为更多复杂的表达可能。另外一个原因就要归于小说的题材，作为一篇用了相当篇幅书写创业者接连面对各种投资人的小说，其不可避免地涉及无数次的"第一次见面"的场景，因而我们就会接二连三地看到诸如"他们的脸上没有表情""他黝黑的脸上挂着的谦虚纯朴的笑容""然后他脸上的笑容开始松弛下来""皱纹密布的脸上挤出一个难看的笑"之类的句子。初次见面意味着不可能有深入对方内心的了解，而投资人与创业者见面开会的故事场景又决定了动作描写的必然匮乏，因而投资人与创业者的表情就成为了他们彼此间沟通与揣测对方态度的关键。而对于彼此间表情的展现最终落实到场景词上面，就是"脸上"一词的反复出现。

三

正如小说开篇时所说，"我想遇到山鲁亚尔，他会购买我代理的一千零一个故事，把我从资金匮乏中解救出来"。的确，小说里"走走"不断讲述故事、"贩卖"故事的经历颇能让人联想起《一千零一夜》，"走走"就是山鲁佐德，而那些听她讲故事的投资人就是山鲁亚尔。二者间不同的地方在于，山鲁佐德的故事成功吸引了山鲁亚尔，因而使故事的讲述得以一次又一次地被延宕，而小说里"走走"的故事显然没能勾起投资人的兴趣。而相同的是，山鲁佐德如果讲述失败，就意味着天亮时会被杀死，而"走走"的讲述失败，则带来了公司的"死亡"，以及她后来一系列的"死命挣扎"与"死里逃生"。

我另外想到的一个故事是老舍的《骆驼祥子》，小说里祥子心心念念地为了拥有一辆自己的车而不断跌倒了再爬起来，只是爬起来后却又再次跌倒。而在走走的这篇小说中，主人公"走走"也是为了融资成功，为了让公司活下去而不停地试错、不断地跌倒后再爬起来："两年时间里，你为将近四十名年轻作者出了书，所以可以说你是出版人；你组织团队开发了类型电影叙事轴，还配上了桥段辞典；从小说到剧本，再到文本分析软件、创意写作平台，你在做PPT时才发现，你的公司涉猎广泛，任何一个投资人都会有不聚焦的印象。"如果就此把小说里的既是作家又是创业者的"走走"类比作祥子，似乎不够恰切。但我确实又分明想到了学者刘禾在《跨语际实践》一书中用"经济人"的视角来解读祥子，即祥子作为生活在现代资本主义城市北平中的个人经济主体，却仍固守着一种农村经济的传统思维逻辑，对现代契约关系抱有怀疑（不肯把存款放入银行，因而最后被孙侦探打劫），这是造成祥子最后悲剧的一个重要现实原因。而小说里的"走走"作为一名在更为高度发达的商业社会中的创业者与公司经营者，却也不能像那些投资人和"创业前辈"所谆谆教诲的那样，拥有"那种让人心狠的东西"（解散团队），相反，她心里清楚，"我就是没法跟团队说再见"。这种不能保持绝对理性，冷酷的态度来遵循商业规则／潜规则，也是"走走"不得不通过抵押自己的房子来养活公司，而且最终有可能将自己陷入到更为深层的经济危机中的重要原因之一。甚至于小说中出现了这种让人感到惊讶却并不意外的情节，即我们一般认为作家是不怎么赚钱的，而创业者则意味着追求未来成功与获得财富可能性的起点。但小说里，从作家跨界到创业者的"走走"却是在通过自己并不情愿的写作（代理传记写作）来为自己的创业提供反哺资金，实在是让人感到慨叹。

当然，小说里的"走走"所具备的经济头脑和理性选择能力远非祥子可比，而她所处社会发展阶段的财富获取与拥有样态的复杂性也不是三十年代的北平所能够想象的。她在"孤注一掷"的同时也让人欣慰地为自己留下了未来保底的后路，这着实让像我这样揪心的读者就此松了一口气。小说里反复写到各种与经济相关的细节：融资金额、公司账目情况、为自己开出的工资、去法国探亲的花费、房产估价、房租的支出与收益、低息贷款，甚至于一些关于物价的数额，等等，让足够细心的读者完全可以就此算一笔"经济账"（其实，我还真的私下算了算），而这些"经济账"更让这部"创业小说"充满了一种现实的质感与魅力。此外，小说里的"走走"也有着祥子所不能比拟的幸运，她仍处在一个有情义、有人情味的社会——起码是朋友圈——之中："你的运气其实很好。除了没钱。你没有经历过被背叛、被架空、拆伙乃至反目成仇。没有内在的分崩离析。"

从祥子到"走走"，继续延伸思路，我们就很容易想到"西西弗斯"。在小说开篇，主人公"走走"就已经意识到写作不过就是一场西西弗斯推石头上山的过程："三十岁后我才发现，作家不是一种静止的状态，出过多少书，有过怎样的名声，都没法帮助一个写作者固定在作家的位置上，一直待在那里。那种特殊的焦虑就是我这个西西弗斯的石头，自重太大，总是把我从山顶一路带到山脚。推上去，掉下来，再推上去，再掉下来。石头上附着所有我已经完成的东西，一起嘲弄着我。必须再一次去开始另一次写作，再一次开始上山下山那折磨人的过程。"而随着她创业故事的展开，我们也不难发现，创业何尝不是另一场西西弗斯的旅途：不停去见一个又一个的投资人或客户，反复地讲述着同样的内容。就连搬家时重新拆装一个沙发，也要"反复尝试"。而此时看似坚强的"走走"，也会暴露出内心脆弱的一面，"如果只有我一个人，这张长沙发就会像是一列脱了轨的列车，朝我直冲过来，把我撞飞"。

余论

在小说进程过半的时候，主人公"走走"也开始打算写一本记录她创业历程的小说：

大概就是从那天起，我决定要写这个小说。我写下的第一部分是这样的：

2017.11.14—2019.10.10。

我的创业史。我从一个不知疲倦、直来直去的女人，变成了一个整天只想睡觉，通过睡觉逃避一切的女人。我越来越喜欢我的床。躺上去我就能什么都不想。我不用再看手机。在我的睡眠里，没有人，没有好消息，也没有坏消息。我不想再醒来。我让自己成为灯光完全熄灭的黑暗空间。

也许我只是想找回点力气。

她甚至还曾为小说的叙事人称选择与人物最终结局与朋友们发生争论：

写这部小说的时候，你曾经设想过，在它用第二人称说话的第二声部，你要让你的主人公去死。她可以从开煤气、吞服安眠药、割腕、上吊、跳楼这几种自杀方式中选择一种。你的朋友们（他们也是你的第一批读者）极力反对。"死太容易了，人都害怕承受痛苦，你应该让她像西西弗斯一样，面临永无止境的失败。"

而后来，她也真的开始了关于这部小说写作的准备工作：

你重新布置了书房，把写字桌搬到了窗边。你只需要新建一个空白文档，并为它命名。

至此，现实中作者创业的故事和这篇小说的创作之间在文本内外都得到了完美的衔接，而这篇小说也因此呈现出某种"元小说"的意味。最后让我们重新来看小说的题目：《想往火里跳》，既指"走走"创业后有一种"跳入火坑"的煎熬感，也表达出她"飞蛾扑火"的决心，同时还留下了一层"浴火重生"的希望。须知："你属马，是火命。"

水下与钢索

——与走走《想往火里跳》相关的一些

杨菲

我和走走相识于 2016 年 3 月，为什么记得这么清楚，因为我和走走见面的日子，就是我去杂志社实习面试的日子。

为了大学强制要求的大三下学期的实习，我牵了两条介绍的线，一条是我从大一认识的诗人前辈，一条是我的论文导师。两条线通往一个地方，简历都交到杂志社手上。灵性迸发，情义关照，我想这绵长地存在于走走待在杂志社的十四年，一种并不普世的规律，一颗将人越圈越牢的糖衣炮弹。

这是我的第一份工作经历，与走走在《想往火里跳》提到的"第二种生活"不同，作为一个尚未满二十一岁的中文系学生，我似乎在回放走走曾经踏上的第一种生活。甚至那次面试，我穿了一条绿裙子，主编对着走走说，"你看她和你那时候好像。"多年以后（真没想到我和走走之间也用得上这个形容），这句带着甜蜜纽带的甄别话语并未通灵一般的实现，踏入文学领域后第一篇长篇小说能否实现，是否应该继续读书，我们几乎很少有达到共识的地方。

这种难以达到共识还体现在，我觉得她比我勇敢。

我知道从 2018 年左右开始，她开始怀疑周遭的目光是否善意。就像她在文中反复提及的他人对自己的态度，从同行到曾经合作的作者，我也相信她的生活实际并未如此地覆天翻。当你沉浸于一片水域，你关注更多的是如何更加畅快地呼吸，如何闪避不及防的暗礁，那些令人失望的变化，都是岸上模糊的剪影，隔着一层透明的水雾，他们的概念很不清晰。

我这样说，是希望观望的人群不要观察过水底人的挣扎后，开始自觉手边的咖啡更醇厚，脚底的沙质更松软，要知道那片水下才是人群没有到过的地方。

大概也是 2016 年的某一天，在副主编办公室，走走好像匆匆地要去做什么事情，我们在杂志社的那近两年时间里，她总是这样匆匆的，曾经为了帮她打发一个不太想见的人，我和同办公室的学长赶去杂志社附近的本邦菜馆，走走把全身裹得严严实实的，戴着防花粉的口罩，从我们身边经过，我脑子里不知哪条线没有牵对，偏身拦在走走身前想和她打招呼。直到坐在菜馆里，我才问身边的学长，"我刚才不应该跟她打招呼是吗。"

"当然啦。"那个一贯就觉得我太幼稚的学长没有表现出什么惊讶或埋怨。

我知道他说的是什么意思。有人想要避开别人，我当然不能在生活里把她认出来。这是一桩没什么好说的小事情，但我总想起它和我们后来生活的对照，比如这种寻常的避让长久地存在于我和走走之间。

回到 2016 年的副主编办公室，走走在匆匆走过之前，告诉我们她和来自法国的先生结婚时没有举行任何仪式，甚至办好手续的第二天，她就跑到了汶川地震的前线采访。那是一种隐秘的骄傲，摒弃仪式后换来的自由。

虽然那时候我比现在要年轻，但我已经知道我不会是这样的，我肯定要一项不缺地好好结婚，也像今年年初爆发新冠疫情后走走说的，幸好没有孩子，不用担心其他棘手的事情。她也不知道我怎么想的，我觉得这样的境况下，我会庆幸有个孩子，可以掩盖棘手的事情。

我就是这样一直不勇敢地生存着的，不敢抛弃应有的那条线，但我也不是站在岸上的人，我的不勇敢更多地是想图一个清静，我已经这么做了，请不要再来烦我了。战战兢兢地行于半空，但为这种平衡感沾沾自喜。

从杂志社离开，我和走走参与了大大小小的会议，会议都是在咖啡馆或是饭馆里，她所经历的冷冰的挑高的天花板，簇新的商业楼，我都没有经历过。近四年的时光里，我参与在一场创业风暴里，仍然过着青年作家的生活。这是一场毫无争执的拉锯，她总能觉察出我的不高兴，我想退后，她就让我退后了。她在小说里写着，她组建的这支年轻的队伍，似乎都有着想要实现的写作抱负与期望。我是这样的，如此想来，走走似乎不是准许我的退后，她甚至将我推远了。

我避让她作为生意人的这一面，她知道我在想什么。年前她和我在面馆见面，商讨一个方案，她进门的动作总是相似的，要在坐下之前说些什么，似乎这样能节省更多的时间。吃完面我们去了隔壁的咖啡馆。

不知道为什么这次会面让我想起和大学朋友们的一次春游，我们协力翻过一片不高的栅栏，在杂草丛生的河流边走，河水没有奇怪的味道，春风和阳光也都很好，我们还在刚抽芽的柳枝和冒得过高的竹笋前面开了很多玩笑。再然后我们坐公车去了某个公园，奇怪的招牌、喷泉、孩子，都点水一样触发了我们浩荡的队伍。我不知道我的情绪是从哪一刻开始变化的，经过一片健身器材的时候，我突然好想休息一下，我告诉自己，动起来，踩一踩那个看起来很傻的踏板，坐到跷跷板另一头也可以，哪怕站着，站在高高的狭长的金属杆前面跟他们聊会儿天。可是我就是动不起来，我坐在长凳上，也不想回家，如果我想回家我肯定会说的，可我也不想躲进面前的和乐融融里，虽然他们都是和我相识很久的亲密的朋友。

那次春游的感觉全部涌向咖啡馆朝街的透明玻璃上，几乎要向我喷涌而来。我还是提醒自己，不要再做让其他人伤心的事情，不知道什么时候开始，我一点装模作样的能力都没有了，不开心总要不合时宜地写在脸上。是的，从那次在楼梯上叫住走走，我就开始不合时宜了。走走坐在我身边喝着巴黎水，提起了很多个话头，最后，我能明显感觉到她语气一转，问我，"你最近在写什么。"

我也知道这个时候我不能表现得太开心，太对写作感兴趣，仿佛这个事情上只有我关心写作一样，不是这样的。可我就是没办法控制地提高了音量。好像非得告诉别人，我只关心这个，这就是我关心的，你难道还没看出来吗，我就是一个乐于标榜自我多么纯粹的人。不是这样的。我全没有让任何人难堪的想法，但好像总把人弄得难堪。那次春游里有一位朋友忍无可忍地告诉我，"如果你这么不开心就别待在这儿了。"我该怎么解释我也并不是那么不开心，就像在咖啡馆里我该怎么解释，我并没有那么纯粹。

可是走走从那一刻起就只和我说写作的事情了，从咖啡馆出来，直走到她需要转弯的街上，都在说写作的事情。我开始觉得我给自己找了太多纠结的理由，我之所以这么愤怒，可能是被什么人猜中了，我在春游的时候的确只想走开，而面对正处理着商业事务的老板，我也只想聊写作的事情。这是真的，所以我才愤怒。

生活里无数次狭隘的避让告诉我，我真的在乎的是什么，一旦这"在乎"进入脑子里，它就长久地盘踞不会缺席了。我知道多年前想要创业的走走，真的被什么"在乎"进入了生活，为了这股消散不去的"在乎"开启一段新旅程，又怎么称得上是选择呢，我们都是不得不为之。我从不觉得人生无悔是气话，我只觉得人生有悔也没用。不是一切无法从头来过，只是从头来过还是会那么选择。

我觉得不是所有人都有被"在乎"裹挟的经历，走走在小说里总提到关于年龄的焦虑，但拥有咖啡与细沙以外的选择，真的是一件很年轻的事情。

我的同事之一，曾多次提起关于一趟黄山的旅行，在山脚下黑暗的村寨里闲逛，几乎迷路的爬山历程后迎来的日出。她给我看了手机里很多的照片，的确是很美妙的一趟旅程。那次去黄山，有几乎其他所有的员工。我的这位同事每次都会在复述过往之后加上一句，如果那次你也去了就好了。

　　其实我根本忘记了那一次为什么没有去，但隐隐地知道原因之一。大学一年级的时候，我高中就交往的好友经历一场很大的手术，她给我打电话要我陪她去，那是一场与人生标记有关的手术，和其他什么事牵连在一起，想到我也要成为事件的一分子，每每提起这件事我都置身其中，我就觉得寒意来袭，如果这场手术只与健康变化有关，我会毫不犹豫地过去的，可是它偏偏与事件有关，我不想成为标记点之一，现在想来，依然觉得无比残酷地拒绝了。我想我不去黄山，也有这样的心理作祟。我不想成为一次记忆深刻事件的其中之一，建立那么深刻的联系，提到人生中美好的事件，意外的冒险，神谕般的日出，提起陪同的人里，竟然有我一个，这是对我来说无法承受的过于亲密的关系。

　　像小说中年轻作家和走走近乎一夜的长谈，我可能永远都做不到，成为难以忘怀的"那个夜晚"，我知道这条细绳一样的旅途会走得很辛苦，不至于陌生疏远，但也不至于亲密无隙，但我一路都是这么走过来的，甚至这样的晃荡总让我更加舒适，默默调整一个适宜的范围，一分一厘也要保持平衡。

这与我的那些避让都构成了关联，只鲜有几次，我暴露了真心的愿望，整个大学四年我都在写诗，毕业诗会上我在寄语上写下"你的好时候不多"，几年之后，当走走面临经济风波，不得不统一降薪时，我在和她私聊的窗口，忽然把陪伴我多年的绳索拉到了一边，我告诉走走我会看着她走到好时候。这是我维持平衡时的一个小小偏离，但我是真心实意想这么说。

另一次亲密不需要我自己维持，我只需要把它藏在心里，像是充盈着绚烂泡沫里唯一白炽的光，洞口一样化成一切来路的原点，我知道走走肯定忘记了。我刚毕业那年，在上海书展结束的聚餐上，作为新人编辑我尚且不懂关于很多饭局上的话术，置身虚无的推让夸赞里，抓不住哪部分是真切的。结束后上海下了一场雨，我们从饭店门口走到出租车那里，走走突然揽住我，雨伞偏到我这一边，她穿了一条黑色无袖的裙子，胳膊和我的黑色衬衣碰在一起。我知道那是一场急雨来临时，只为尽快处理突发事件的收尾工作，这份亲密也实在浮于表面。但那是钢索偏离的一刻，我还没来得及打点关系，计算好这次该进退多少。我想我未来还有很多计算的时刻，也再不会像这样粗糙地失手。但谁又能说得准这是不是一件可惜的事情呢。

以上不是什么我作为同事、下属给出的关于走走创业史的共感，是四年时间里，一个推拉避让，维持自己那套可笑逻辑的青年人，妄图展示与走走生活近乎平行的不相通，感谢走走一直尽心保持我钢索的平衡，即使她可能在第一眼就知道，那个穿绿裙子的小姑娘跟她一点也不像。

写小说失败，去创业有前景吗？

半月王子夜

认识走走的时候我正在武汉创业，她给我的第一印象就是很有活力、不睡觉的工作狂。

时为 2016 年 11 月，当时我在微博上看到了"科幻故事空间站"的征稿，于是我把自己写的疯魔派科幻小说《死亡列车》发了过去，然后就忙自己公司的事去了。

那时候我自己的创业项目是线上教育网站，以培训程序员为主，考虑到需要接受编程技能培训的人大多是面临找工作的大学生，编程教育的痛点又是特别枯燥，所以我们的终极设想是，把网站做成二次元风格，我们的课程游戏化，学生可以在我们网站一边玩一边学。

事实上二次元这个噱头也确实吸引人，当我们网站上线呈现全网黑白漫画风后，确实有很多投资方来主动和我们接触。那时候我们都觉得未来充满了希望，前路这片星辰大海，等着我们去探寻。

后来有天晚上我们加班，大概到了十二点多钟，我收到了走走发来的邮件，她在邮件里说，喜欢《死亡列车》这篇小说，准备发在"科幻故事空间站"。然后我跟她回邮件，来来回回一直到了快两点。

那时候我想，我也就因为创业才加班这么晚，但这个叫走走的人是什么奇怪的作息啊，不睡觉的吗？直到一年多以后我去了上海，才听说走走经常等她先生睡着后又偷偷起来工作，而她第一次回我邮件的时候，虽说还没正式创业，但已经算是独立负责项目了。

那时候是 2016 年 11 月 20 日，我们回完最后一封邮件的时间是夜晚 1 点 44 分，我很开心，躺在床上差不多四点才睡着，因为这是我开始研究疯魔派三年以来第一次有人愿意发表它，而这个人还是文学杂志的老编辑，那本杂志是国内严肃文学标杆，我觉得走走是懂行的，疯魔派小说的方向肯定没错。

疯魔派是以疯子的视角、魔幻科幻的背景、脑洞的故事结构三大要素描绘小说，读起来要给人一种疯言疯语的感觉，把我们现实世界的逻辑打碎再重建，细细探究又一定逻辑严谨。最终给人的感觉是，这个人没疯，疯的是这个世界。

后来走走建了作者群，我在群里认识了一大帮爱好科幻的作者，还慢慢和走走的编辑团队熟络起来，编辑团队虽说年纪都不大，但大部分是复旦、交大的研究生、博士生，大家做起事来都还比较靠谱，所以后来我索性把自己几十篇小说都签给了走走。那时候我远在武汉，听群里的作者们说走走的团队在负责运营一个写作APP，一个类型文学发表和征稿的平台，我偶尔也会给走走提一点点小建议，她每次都十分感谢，在微信上回复喜欢用感叹号，总给我受宠若惊的感觉，她说有机会一定要见一面，而没想到一年之后我们会变成同事。

所以现在想来，人生就是很奇妙，固然你有强大的掌控力，早早给自己规划好了未来的路。但真正改变人生走向的，可能只是某个偶然的瞬间，那个瞬间也许是你下班回家遇到了某个人，也许是你在网络上给别人投了个稿子。不在规划中的意外惊喜，就是人生的迷人之处。

于是接下来的 2017 年我在走走那里发了很多小说，同时自己武汉的创业项目也顺利上线，我们给项目取名"码疯窝学院"，我们三个创始人中一个是产品经理孔导，负责整体产品构架；一个是 CEO 码司机，负责给项目搞钱搞资源；我是品牌文化官，负责打造项目 IP 内容，以小说＋漫画的形式传播我们的品牌故事。

那时候我们三个人合租在一个花园洋房里，搬家那天我们在外面吃了一顿，庆祝这个小家成立，大家都喝了两杯，说着开心的和不开心的话，仿佛都看到了那个即将到达的未来。

出来创业到现在有四年了，在我身边来来往往的人当中，我觉得未来有极大可能闪闪发光的人就是码司机。他比我小9岁，我跟他创业那年，他才刚满18岁。

自古英雄出少年，在他身上我深切体会到书本上这句话的力量。

他高中就出来创业了，到2016年他刚结束了上一个项目，赔光了，只能从头再来。于是他去了一家教育机构应聘，部门主管觉得他很机灵，就把他留下来当Java讲师。一周后码司机发现这家教育机构只有线下没有线上，太low了，于是他就自己做了个方案，跳过主管直接找到董事长，并成功说服了董事长给他单独成立一个项目部，专门做线上项目，也就是我们后来的"码疯窝学院"。

我跟码司机很多年前通过文学比赛认识，2016年我到武汉灵泉寺做义工时跟他线下见面发现大家挺聊得来，于是项目部成立后他就把我挖了去。彼时我刚从武汉灵泉寺做完四个月义工回到成都，那时候天天看到网络上那些人叫嚣着创业，今天这个项目获得天使轮，明天那个人身价过千万，我觉得创业是一片星辰大海，像是 15 世纪到 16 世纪那个大航海时代，无数怀揣梦想的人踏上一艘艘开往大洋深处的船，大家顺应时代的浪潮，一同描绘了那段波澜壮阔的历史。

虽然我给自己的规划始终是成为一个优秀的作家，但既然想写好一部伟大的传世作品，那就必然要去经历生命中的风雨。于是那时候我想，我也要登上一艘创业的船，不管这艘船是航母还是小木筏，一定要上一艘，才不辜负当下这个激动人心的时代。

所以我就去了武汉，跟码司机创业。虽然那时候我对创业的门道一无所知，但码司机是思路清晰的，他说我们的目的是借鸡生蛋，最终把项目做成自己的。后来也确实做到了，我们自己成立了公司，董事长转为投资人，将项目和公司资本化运作。

面对码司机我经常在想自己 18 岁的时候在干什么，刚刚考上大学，谈着一场漫无目的的恋爱，对校园之外的社会运作方式一无所知。但码司机已经弄懂了规则，并利用规则获得了别人 30 岁都难以企及的东西。再往前，他的 16 岁，就更没法比，那时候我才高二，连要考大学这个概念都还不是很清晰，可他已经赚到了第一个一百万。

当时觉得一切看起来都很美好，仿佛自己也是幸运的，第一次创业就能发现一块新大陆。

事情的转折出现在2017年下半年，彼时听闻和走走所在的杂志社合作的那家互联网公司快破产了，那个写作APP自然也做不下去了，想想也是，那家公司的技术人员虽然把产品做出来了，但不知道怎么推广，没有明确的盈利点，也缺乏资本化运作经验，失败似乎是早已注定的事情。而"码疯窝学院"也面临着和那家公司一样的问题，我们把网站做出来了，但没有盈利点，离开了资本我们无法自立，所以大家只能把希望都寄托在融资上。

后来见过无数个创业项目后才知道，这个弊端是绝大多数互联网项目的通病。跟我刚入门时一样，被什么流量、大数据、IP、降维打击这些概念化的东西给忽悠了，那些互联网大佬的名人传里都告诉你，免费才是互联网，流量才是核心。

一群骗子，糟老头子们坏得很！

其实赚钱才是真正的核心，那些大佬们的项目早期都想赚钱，因为他们赚不到钱才免费，因为他们不能直接赚钱，才变成了流量生意。

正是因为一开始秉承免费思维，"码疯窝学院"在最初的设计上就没有盈利点。我们想靠流量吸引资本，殊不知没有几千万流量资本都来不及关注你，而流量是需要成本的，按照市场最便宜的获客成本也要 5 块钱一个流量。所以纯做流量生意，前期没有几千万元流量费用根本就不可能。

这就进入了一个没钱的死循环，在这种模式中，你永远都缺钱。

而"码疯窝学院"独立之后投资人只追加了二十万元投资，也就够团队发三个月工资，此时我们把唯一的希望都寄托在下一轮融资上，居然不理智到要用唯一的二十万元去搞公司装修。这也是码司机的缺点，太年轻缺乏经验，以为把投资人带到公司看到装修得很有感觉就会给投资，这种只管把人忽悠进来没法维护的做法也注定失败。

与此同时，走走放不下那个 APP 团队的同事们，更放不下我们这些被签进那家公司的年轻作者们，觉得要对我们负责，于是她也开启了崭新的融资道路。她的融资道路还蛮顺利，没见几个投资人就拿到了融资，这取决于当时的资本环境好，也归功于走走自身的资源好，各种原因交汇促成了那一次的成功。

　　但我们后来才懂，那一次的偶然成功，并不是创业的真相。顺风局赚来的钱，也并不等于真正的实力。质量守恒定律也适应于人生，人生的运气是守恒的，该吃的苦，一口也少不了。

　　时为2017年9月，"码疯窝学院"开始出现内部矛盾，码司机和孔导互相想踢掉对方，而我却觉得这个项目根本就没有生还的可能，我也就开启了消极怠工的模式。至此，在最后三个月的紧要关头，我们三个创始人都走偏了方向。

　　也就是在9月，我在成都的好友伊伊来武汉找我玩，她这个人存不下来钱，赚8块钱要花10块钱。但她的项目直接就盈利，还是单兵作战，不需坐班。所以她可以一年到头到处玩，活得十分潇洒。

　　她的项目就是，微信上给人做情感咨询。

　　当初她从成都出发来武汉的时候身上就带了五百块钱和一部手机，然后她跟我边玩边赚钱，在武汉潇潇洒洒，胡吃海喝了一个月。她微信上就两千多个好友，因为盈利点明确，根本不需要什么大流量，流量大了她还接待不过来。

　　直到现在我都觉得，伊伊这种创业项目才是最舒适的、无须坐班，每天工作三四个小时，一年下来挣三十几万衣食无忧，不用应酬、不用请员工、连税都不用交、社会压力基本没有。要说有负面的影响，就是太闲了，在家太闲会抑郁，必须出来到处玩，玩也蛮累的。

2017年10月，我跟码司机和孔导商量退出了项目，把股份无条件还给了他们，然后我就回成都去推进自己的影视项目了。

对于第一次的创业我总结了自己，觉得自己不适合钩心斗角，我也不喜欢编程教育。我觉得自己还是要在文学影视方面发展，下一步的计划是去上海做编剧。

大概在11月的时候，我在知乎发了一个回答，介绍了自己这些年的倒霉事，没想到被走走看见了，她问我要不要去上海一起工作，正好团队需要一个编剧。本来我就打算去上海做编剧，当下就感觉这是为自己定制的工作一样，于是就决定加入走走的团队。

12月底我回武汉搬家，把行李都寄到上海去。那时候"码疯窝学院"已经垮了，公司欠下几十万元的员工工资，孔导也搬走了，租的房子里只剩下我和码司机。那天晚上武汉下大雨，我把行李寄走后码司机送我上公交车，我没有问他欠下的钱怎么还，虽然他当时刚成年，但我觉得凭他的聪明才智这几十万元根本不是问题。虽然我没问，但是只要他跟我开口，我会把自己身上仅有的几万块钱都拿出来给他。这份情谊，我觉得很重要，在创业过程中能遇到志同道合的人，甚至比赚钱更加开心。

那天晚上我们在大雨里等公交车，我提着超大的箱子很不方便，码司机说你打车去高铁站吧，反正上海公司报销搬家费用。但我刚到人家公司报到什么都没干，除了行李快递费用，实在不好意思报销其他的。加上我们刚刚创业失败，各方面都需要钱，也不敢多花钱。所以当时的场景十分凄惨，码司机在大雨中把我送上公交车后跟我在雨中挥别，我们又都被时代大潮冲散了，不得已各自去寻找大航海时代里新的船舶。

进走走公司的第一眼就给了我回家的感觉，我喜欢那里装修的风格、喜欢二层楼的沙发、喜欢门前的小院、喜欢公司坐落的上海老弄堂。面试的那天我还没租到房子，走走给了我公司的钥匙，说可以先在二楼将就几天。那把钥匙给了我极大的安定感，感觉自己会一直在这里干下去，出来闯荡了七八年，还是第一次想一直留在一个地方。

因为有了创业失败的经历，面试那天我直截了当问走走，公司能否盈利？

当时走走说，公司能卖版权，能接剧本，就算一直不盈利现在账上的投资款也够花两年。

那时候我也听明白了，公司没有核心盈利点，但好在有几百万，能折腾两年也不错，两年里就算公司没成，我也可以在此期间自己物色项目。

但亦如我当初担心的那样，没有核心盈利点这个问题，一年多之后还是将公司拖入了深渊。

也许是第一次的顺利融资给了走走极大的信心，在刚开始那段时间，处理工作上的事务走走会不自觉间散发出一种十分尖锐的气息。时常见她打着电话走进公司，语气中给人一种咄咄逼人的感觉。或者是与合作伙伴的会议上，老是听她说"我不同意""我觉得不对"之类直截了当否定别人的话。

我仿佛从走走身上看到了我们刚在武汉创业那会意气风发的样子，觉得第一笔钱能拿到，第二笔、第三笔也是顺理成章的事情，觉得资本的钱赚起来太容易了，一个想法一个PPT就几百万。

可我们觉得的，那只是我们自己觉得的。

刚开始的半年我们的核心业务还是做几个类型文学公号，分别有科幻、爱情、童话、灵异、悬疑、职场六大类别。最初的设想比较简单，把公号的流量做起来，然后卖故事的版权来取得盈利。

那么这种模式就有两个重点问题需要拿下，第一个是流量怎么做，第二个是版权购买方要能真的掏钱买。

对于第一个问题怎么做流量，走走是不懂的，所以她请了运营总监来做。

第二个问题购买方的问题，走走自身是有很多优质资源的，基本可以说文学影视圈的人想找谁只要问一圈周围的朋友就能找得到。

这样看起来两个问题在理论上解决了，剩下的就是执行方面，能落实下来这个业务就成了。可就如很多创业项目一样，在理论上无懈可击，在执行上却寸步难行。

首先是做流量的问题，走走自己不懂，在起初她也看不懂运营总监的做法是否正确，最终导致运营总监做了半年，公号只有三千粉丝。半年之后走走明白了运营总监吃不下这口饭，可我们的黄金期已经远去了。

没有流量必然导致版权难以售卖，尽管走走资源再好，但在生意上大家都是要见真货的。而除了我们公号的故事外，走走还代理了文学杂志的名家作品版权，虽说那些作品有名家背景，但影视公司依然不买账，人家要网文，不要纯文学。

而我的本职工作是撰写走走接来的几个剧本，可两个月写下来发现也收不到钱，这个业务也做不下去。

此期间在上海电影节上我认识了一个叫朱祥的朋友，他是做动画的，从认识开始就一直筹划做一部《白蛇传》动画电影。那时候他在杭州租了一间工作室，一个人在工作室里埋头苦干。我隐约感觉到他同样面临那个核心盈利点的问题，但当时他给我的回答是自己买股票从没亏过，股票养活自己就够了。而且他刚买了一辆宝马车，还是大红色的，意气风发，红红火火。

他喜欢混迹于各种电影节、投资峰会，目标也很明确，就是认识投资人，推销自己的电影获得融资。但自从我认识他到后来离开上海的一年多时间，他连个剧本都没有，见到投资人就算说得天花乱坠，别人最终还是要见真货的。在认识之初我就给他提过这个问题，他给我的回答是先把人套进来，然后大家再一起去套别人。

然后我就懂了，这是个皮包项目，连PPT都没有就出来融资了。但我还是建议他先写好剧本，再画个先导片，纯靠嘴说真不行。

后来走走调整了业务方向，我们开始做"一叶故事荟"，这是一款大数据文本分析软件，能够分析小说、剧本、诗歌、论文，把文章里的各种元素给分析出来，还能将长篇大论的文字内容直接数据化，让AI帮人读书。

这个项目一开始针对影视公司，他们购买网文版权时需要先让人把网文读完，可是网文动辄几百万上千万字，一遍看下来一个月就没了，而且太长导致看到后面忘记了前面，所以我们想用 AI 代替文学策划读网文，然后把影视公司需要参考的元素直接给出来，为影视公司节省时间。

这种需求初听上去确实成立，为人节省时间就是创造价值。但现实问题是影视公司挑选网文只要头部高流量那些作品，那些爆红作品的作者基本是天天被关注，大家很清楚他们写的是什么内容，根本不需要 AI 来读。

于是我们又把目标聚焦到那些没有人关注的海量网文中，想从众多石沉大海的作品中捞出一些适合改编影视的提供给影视公司，这些作品剧情上不差，又相对便宜。可后来发现影视公司兴趣不大，人家买 IP，首先你得是个 IP。

虽然存在着种种问题，我们还是把这项工作推进了下去，那时候每天都要写很多个文学报告，审核很多别人写的文学报告，虽然忙碌，但也喜欢这份工作。

唯一的缺点就是，不赚钱。没有核心盈利点这个魔鬼，一直伴随我们到最后。

时为 2018 年 5 月，我的影视项目融资成功拿到了第一笔钱，制片人古阳兴奋地叫我回成都准备进组跟进拍摄工作，我买好机票跟走走请好了假准备踏上新的征程。可两周后古阳叫我再等等，说要等第二笔钱到位了才能开机，第二笔投资的合同会尽快签订。

那时候我倒是不担心，电影的开机发布会都开了，演员导演全都确定了，女明星偷税漏税事件还没有发生，一切看起来都希望满满。

可到了月底古阳告诉我先不用回成都了，第二笔钱他需要另寻资方，虽然早就知道电影融资路途艰难，这部电影也已经筹划了两年之久，之前坑坑洼洼地也经历过几次投资款不顺的情况，但这种钱到了一半，箭在弦上又发不出去的情况还是第一次，十分难受。

6月，码司机到上海出差来找我叙旧。那时候他说欠下的员工工资都还完了，他把"码疯窝学院"这个项目拿到了武汉北大青鸟去，那里的 Boss 觉得他是个人才帮他还了一半，剩下的一半他借了高利贷。那时候他也才 19 岁，欠下的几十万在半年内被他还完了，我又想到了自己的 19 岁，还在大学里读着圣贤书。不管是把项目拿去大公司弄钱，还是借高利贷都是我不敢想的操作。

而那年 6 月码司机转战区块链，见面的半天里他跟我大讲特讲区块链技术，当时也觉得区块链确实厉害。

可几个月后区块链被严控，我又不得不佩服码司机的操作，他在这个行业最赚钱的时候赚了一笔，又在严控前功成身退，你可以说他运气好，也可以说他选择得对。但我觉得一个人起起伏伏，能够多次爬起来，那么这个人肯定是有真本事的，至少他掌握了一些客观规律，并能用这些客观规律赚钱。

码司机还跟我说，孔导还时不时找他要钱，说是自己女儿要读书了，家庭负担重。又说之前孔导自己拿出十万块钱帮码司机投资了项目，这笔钱虽然亏损了但需要偿还给他。可这笔十万块钱的投资是孔导在没有告知码司机的情况下，自己跟别人做的项目，当时两人的关系早就剑拔弩张，孔导实则是想利用这个项目单干。而最终公司倒闭，所有的债务都是码司机一人承担的。

不管怎样钩心斗角，因为没有核心盈利点，我们最终都失败了。不管是我对项目不抱希望，早早退出；还是孔导拖儿带母，输不起；又或是码司机独自抗下债务，用半年还清。那段创业至此算是正式画下句号，除了经验，我们没有一个人是赚到的。当初臆想中那个未来没有到来，我们又马不停蹄地登上了这个大航海时代新的船舶上。

2018 年下半年，因为女明星逃税事件，整个影视圈开始整改，一开始是导演和演员工作室补税，后来大批量影视公司开始倒闭。再加上审核越发严格，这不让上那不让拍，影视行业正式进入寒冬期。而我的影视项目因为第二笔款迟迟没到，第一笔款的资方要求退还款项，于是进了账户的钱又退了回去，至此无限延期。

影视公司的自身难保让我们的 AI 项目越发艰难，走走及时调整方向，用这个软件和出版社合作，想做一些导读版来盈利。而这条路似乎并不好走，到了年底，公司账上的钱用得差不多了，大家不得不降薪共渡难关。当时大家都觉得最终会挺过去，不过是几个月的时间，凭走走优质的资源，找到新的融资肯定不是难事。

于是时间来到了 2019 年，新的一年里我们尝试了更多的变现方式，我们跟有声平台合作，开发 AI 导读音频想以此盈利，但发现不赚钱。我们也做 AI 缩写电子书，想卖书赚钱，可收获也寥寥无几。最后在无奈之下走走抵押了自己的房子来发工资，为了让公司活下去走走又新开辟了风水业务，想靠风水赚钱养活公司。

记得开辟风水业务的前几周，走走跟我聊天说融资依然不顺利，如果再没有起色，她准备出去找工作了。这句话其实她不应该跟我说，因为对于我来说，老板都要另谋出路了，我还跟着瞎混什么？而作为一个 BOSS，必须永远在同事面前给足信心，不管你是坑蒙拐骗还是大打同情牌，稳定军心是重中之重。就像当初马云出去融资屡屡被拒，但他每天都回公司说自己又拒绝了某某投资。

当然，这是站在纯理性纯商业的角度，而作为一个重情义的人，我觉得走走就算明白这个道理，也不会这样处事。

后来我跟走走提出离职，决定去北京找找影视公司看看。

我临离开上海前一天朱祥来帮我收拾行李，因为股票亏损，他已经把宝马卖了。那时他的思想有所转变，觉得确实需要拿点干货再去见投资人，老是跟人吹真的吹不来投资。当时他准备用卖车的这笔钱去某个镇上租个房子，一个人在里面画个半年。但他属于那种知道自己要干什么，但真的不知道怎么干的人，我觉得他自己一个人单兵作战真不适合创业，他需要一个人来领导他，告诉他怎么干。因为由始至终，我都在问他这个问题，你怎么赚钱？

他答不出来。

2019 年我去了北京几个月才真正感到影视行业的寒冬，大批影视公司不在了，大家都忙着裁员导致在职的人也不敢跳槽，一个导演说自己发了一个编剧招聘，几天时间收到了一千多份简历，根本看不过来。而抖音爆红，导致大批公司转型做短视频，就算有公司需要编剧，也是抖音编剧。两个月之后我依然没有找到项目做，此时码司机在武汉又成功说服了北大青鸟的 Boss 给他单独成立一个部门做线上教育，他让我再去武汉，一切和两年前如出一辙。

　　而这次我们的创业吸取了以往的经验，目标明确了，就是赚现金流，什么融资、流量、大数据通通给现金流让路。

　　时为 2019 年 10 月，距离武汉新冠病毒爆发还有一段时间，整个部门就我和码司机以及小虎三个人，我们还是做线上教育，还是跟"码疯窝学院"一样培训程序员。可经过我们努力折腾一个月后就赚了两千块钱，这次我们虽然知道怎么赚钱，但实际操作起来执行不下去，很多问题无法解决。

　　大家觉得这样下去没法跟投资人交差，于是我们决定找一个执行力强的人来领导我们干。

　　于是 11 月的时候老马带着他的一帮人与我们团队合并，老马担任 CEO，码司机负责搞钱搞资源。

　　老马是个执行力超强的人，两年前他刚在武汉创业失败时连吃饭的钱都没有了，经过码司机引荐认识了一位网赚圈大哥，大哥给老马提供了赚钱的平台和项目，老马全权负责落地执行。老马带着自己的亲朋好友驻扎国外，不到一年的时间，两千万到手，然后他算准时机收手，回国准备读研。

可创业的人都有瘾，不管你赚了还是赔了，总想再来一局。

在码司机的一番盛情邀请以及满嘴跑火车之下，老马最终带领原班兄弟来到了武汉。刚见老马那天他的一句话让我记忆犹新，他说，我这些年创业学到了一个能力，就是遇到困难，解决困难的能力。

说得很对，创业途中会遇到各种各样的问题，只有冷静分析原因，找出解决方案并落实执行才能成功，否则你就吃不下创业这口饭。

然后老马带领大家猛干了一个月电话销售，每人每天一百个电话起步，从早上十点干到晚上十点，没有特殊情况周末一般不休息。在大家的不懈努力下，终于所有人的电话卡被投诉到封号，一个月下来毫无业绩。

大家都比较沮丧，压力最大的就是老马，刚刚过去的成功经验似乎到了这里没用了，让他开始怀疑人生。

事后我们总结经验，除去个人能力外，创业这件事还是要分行业的。要么是灰色行业、要么是风口行业、要么是关系行业。而且你要真正了解这个行业，知道从头到尾整个流程怎么做，然后你招的人只能充当你的手脚，不要指望他们去代替你解决决策上的问题，从始至终其实都是你自己的事。

此路不通，我们只有另寻出路。码司机结识了一个邓师兄，邓师兄的公司是做企业营销的，一开始码司机带着老马去邓师兄公司混脸熟，两人想骗个免费软件用用。可没想到邓师兄超级能洗脑，口才仿佛当年西湖旁边的马云，一来二去，码司机和老马居然被邓师兄转化了，一人掏了五十万入股邓师兄的公司，于是我们团队又跟邓师兄团队合并了。

在决定入伙邓师兄公司那天晚上码司机和老马召集大家聚餐，两人特别激动，说这次遇到了二十年前的马云，机会千载难逢。邓师兄有资源，有项目，有规划，我们只需要把主动咨询公司的用户转化成交就完了，而且人家主动咨询的用户都还提交了企业征信代码，诚意度高得不能再高。

当时大家不太信，毕竟都是经历过几轮创业的人，江湖经验告诉我们，这种好事听上去就像是传销。但后来见到邓师兄才发现，他确实太能侃了，理性上让人不信，但感性上觉得是真的，难辨真假，境界极高。

邓师兄跑火车不会告诉你自己有多牛，他会让你有身临其境的代入感。刚见他时，他就告诉我们要做好心理准备，到了明年这个时候，在座各位应该就在全球飞来飞去了。大家以后都是要上 MBA 商学院的，要敢大胆想象。

反正一通下来，见到邓师兄的人都很激动，就好像老马和码司机说的，发现了二十年前的马云。于是大家又铆足了劲儿做邓师兄这个项目，他的项目叫喜推，是专门给企业做营销的小程序。干了两个月之后老马说，现在邓师兄的话我只信一半。我直接跟码司机说，感觉我们被邓师兄骗了过来，给他免费干了两个月活儿。

码司机说，实际上是这样。

但作为 Boss，码司机明知我不会信，却依然说相信团队，相信项目。这时候我觉得他又成熟了，越来越有老板的样子。

到了 2019 年末，伊伊算了一笔账，她今年赚了四十几万，目前倒欠款八万。我问她，你这不存钱就算了，倒欠款是什么意思？

她说因为每天没什么事干，在家太闲了会抑郁，只有不停出去玩，钱都玩光了。

而见过这么多创业项目，我反而觉得伊伊的项目是最舒适的，目标明确，就是盈利。什么 IP、大数据、资本都不存在的，人家单纯多了，一笔一笔地赚，就是为了赚钱。而她前男友在成都卖卤鸭子，几万块钱盘一个小店，卖一只纯利润三十块钱，生意差的时候一天卖三十只，生意好时能卖九十只。每天只工作半天，虽然不起眼，但比大部分创业公司都舒服。

　　而我的制片人古阳依旧没有放弃，虽然他已经赔进去几十万了，但总是在不停尝试新办法，他的抖音简介写着："相信电影能造梦的人"，就如同所有创业者一样，相信自己坚持的那件事情终会成功。

　　同样是年末的时候，走走的软件已经被好几所 985 高校采购，《南方周末》整版报道了她的软件。到这时候她才把写的创业小说发给我看。看过之后我才知道，在那段创业过程中她的精神压力曾经极大，焦虑员工工资、焦虑夫妻关系、焦虑母亲养老，甚至抑郁到躺在床上起不来。但她每次到公司给我们的印象都是活力满满，已经做到了她的极限。

　　而我忽然想到了自己在 2016 年初时实在想把手里那本疯魔派科幻小说写完，于是辞职去寺庙待了四个月，四个月出来后身上只有三千块钱不到，但小说写完了特别舒服。虽然疯魔派小说到现在都没有正经地做成一个项目，但它却让我结识了在创业路上最重要的三个人：码司机、古阳、走走。

码司机因为觉得疯魔派一定能成，一直对我变相资助。在 2016 年那会我身上只有三千块钱不到时，他带我创业，虽然他自己没钱，却能想办法让集团公司出钱给我。

古阳因为看了疯魔派小说决定一定要拍出来，于是也开启了跌跌撞撞的创业路。

走走因为看了那篇《死亡列车》决定发表，从此大家建立了联系，导致我最终去上海。

就像是大航海时代哥伦布准备去印度，最后却发现了美洲。走走也说，她感谢这段特别的经历，让她写成了这本书。

其实这跟我想创业的初衷是符合的，那时候我想，不管大船小船，只要自己在这个创业的大时代里登上了一艘船，最后都能带我发现新大陆。

秘密坐在其中

孟嘉杰

上一次见到走走老师是在去年 8 月，当时公司刚刚搬离原来的老洋房。那天我带着实习报告找走走签字——其实很不可思议，文化产业流动十分迅速，我还只是一个本科学生，却已经实习了 3 年之久。"实习生"这一称谓似乎总与工作责任保持着距离，也有一点可以犯错的权利，但工作半年后，我就更倾向于把自己当作这家公司的"兼职"员工——虽然走走老师好像一开始就是这么认为的。从始至终，她对外都介绍我为"科幻公号的编辑"，有时还会补上一句"上海交大的学生"，贴心地略去了我的专业背景。

正如你在小说文本看到的那样，我们更习惯将这位给自己发了 3 年工资的老板称呼为"老师"。前者很容易随着雇佣关系一道结束，而"老师"这一称谓则显得无所不包。可能也只有在文化行业，所有职位都可以借"老师"一词含混过去，我也得以在学生时代提前透支了这一称谓的殊荣。

如果要记叙我和走走老师的第一次相遇，我们很有可能会给出截然不同的答案，甚至会成为又一个多声部的小说。真正的第一次照面可能要追溯到六七年前，当时我参加了一场创意小说比赛，走走被誉为"冠军导师"，她总是能选中第一名的选手。颁奖礼那天，她就像自己以往作品中的那样穿梭在嘉宾中间；除了最终唯一的第一名外，她还加了好几位选手的微信——没有我的。一个扩展版的冠军名单，还是没我。以至于两年后我在她原来的办公室再次见面时，我会如此地紧张局促。

那时公司还只是想要代理一批小说版权，等到我正式加入成为编辑一员时，团队正处于第一轮融资阶段，而我正处在大学的第一学年。我是在顺利融资后，才得知团队前合伙人故事的全貌——原来我们好不容易才活下来，但这对当时的我而言没有什么真实感。未来似乎会很好，甚至连"似乎"也不用，就是会很好。当时的我对自己，对一切都没有什么认知，我的职业理想就是做一名成功的编辑，像走走老师那样的。当时一位朋友听了我的理想，不可置信地看着我：

"她可是一个能做总理，或者外交部长的人。"

好吧，其实我也始终承认，我没有办法像她一样，不是能力问题，是"属性"问题。但颇为残忍的是，由她创立的公司，还是遇到了困难。我们这些兼职的编辑不需要坐班，绝大部分任务都是由走走直接指派，所以我们与老板的关系可能要比同事更密切。当时她自豪地告诉我们，这是"扁平化管理"；她小说里可能用了另外一个词，叫"过家家"。

"过家家"其实也没有看上去那么不好，甚至据我了解，很多文化企业、出版社还远未达到"过家家"的水准，尚处在"窝内斗"的阶段。我们的工作其实也很严肃——就以出版业务而言，我们其实产出了很多优质的作品；缺少真实感很大程度是因为我们并未受到许多常见的"压力"：公司从未将阅读量、版权转化数、导读本销售量等指标摊派到编辑身上。你也可以在这本小说内可以看到，压力都集中在了她一个人身上。

那天除了实习报告需要她签字，我还带上了她刚刚再版的小说集。我特意确认了一下，以往的作品没有序跋，确实都是她的刻意为之。那时的我没有想到，她的原则很快便会在下一本书中被打破，而我居然也成为了"破例"的参与者。

我一直认为，走走的小说是属于能激起创作欲的那类作品。这可能要归功于她几近赤裸的坦诚，大部分写作者如我，在面对自我的课题上始终缺乏类似走走的勇气。当然，这也有使得小说沦为八卦手册的危险，或是成为落入其他人手中的软肋。我在2019年的10月收到了这部小说的某一稿，小说的阅读冲击很大。

"这部小说或许能给你的写作生涯带来一些不一样的因素，或许你可以期待一下。"

这是我阅毕后告诉走走的直接感受，当时我在微信里劝说她多找一些"名家"宣传，她则反复推托。我们对文本都有了不一样的担心：我害怕小说会给合作伙伴，或是其他人带来关于作者的负面印象，她则害怕自己的小说太不克制，太像"怨妇"。

怨妇，多么沉重的审判……当我在为这本书稿写这篇文章时，小说内其实已经发生了不少变动，许多更真实的细节已经删去。作者在创作谈中坦诚，这是一部关于"失败"的小说，我认为这实际还是一部"避免沦为怨妇"的小说。并非所有的失败者都会成为"怨妇"，这种哀怨并不限于爱情、亲情，也包括了对同事、成员的感情。"怨妇"则几乎是对少数敏感但又坚持情义者的重击。

走走老师允许我以任何形式写这篇文章，那么我希望我的这点小小文字可以成为这个故事的又一种声音。

在她周围工作的体验确实很不错，虽然这一切也未必全然顺利。曾经因为一次工作失误，我们面临着许多作者的质问；我们将毕生的小心、礼貌与修辞投入到几条道歉的微信，等待着对方漫长的批评；事件好像解决了，但没过多久又迎来新一轮的爆发。当然，问题最终还是解决了，我们又能毫无负担地交流起各自对几位作者的看法。

总体愉快的工作体验可能从招聘之初就能找到端倪。一次饭局上，走走曾告诉我们，她曾因为一位装修工人喜欢某一位知名，但又没那么知名的中国诗人，从而决定请他负责家里的装修。"最后的报价可能有点高，但是整体质量用料都很好。"我记得这是她的原话，这里的"但是"很微妙，有相同文学趣味的我们，可能也会因此轻易地得到她的满意与认同。

又是在某次饭局上，我问了我一直好奇的问题：为什么走走老师会离开原来的杂志社，选择创业？我必须诚实地说，当时走走给出的答案我已经全然忘记，我只记得自己没有得到满意的回答，这一疑问也成为这部小说隐隐回应的一个主题。

最后回到小说的标题。"想往火里跳"写出了某种神秘的欲望和感召，火焰既能对生命产生吸引，又或能

将其蚕食殆尽——这其实也是创业辩证的两面。这个题目让我联想到了弗罗斯特的《秘密坐在其中》:

> 我们围成一个圆圈跳舞、猜测
>
> 而秘密坐在其中知晓一切。

我们是挽起手绕着火堆跳舞的人,这部小说又何尝不是如此?两种声音交错展开,其所围绕的,试图接近的,何尝不是一个炽热的秘密?

图书在版编目（ＣＩＰ）数据

想往火里跳 / 走走著. -- 武汉：长江文艺出版社，
2021.6
    ISBN 978-7-5702-1759-5

    Ⅰ. ①想… Ⅱ. ①走… Ⅲ. ①长篇小说－中国－当代
Ⅳ. ①I247.5

    中国版本图书馆 CIP 数据核字(2020)第 169338 号

策划编辑：王苏辛

责任编辑：胡金媛　朱　焱　　　　责任校对：毛　娟

封面设计：付诗意　　　　　　　　责任印制：邱　莉　杨　帆

出版：长江出版传媒　长江文艺出版社

地址：武汉市雄楚大街 268 号　　　邮编：430070

发行：长江文艺出版社

http://www.cjlap.com

印刷：湖北新华印务有限公司

开本：787 毫米×1092 毫米　　　1/32　印张：7.625　　插页：2 页

版次：2021 年 6 月第 1 版　　　　2021 年 6 月第 1 次印刷

字数：111 千字

定价：48.00 元